LA

VILLE

AUX

OISEAUX

PAR

PAUL FÉVAL

auteur de

Les Mystères de Londres, les Amours de Paris, le Fils du Diable, la Fontaine aux Perles, la Forêt Noire, les Fanfarons du Roi, la Femme du Banquier, le Château de Velours, etc., etc.

ET

ÉMILE CHEVALET

III

PARIS

L. DE POTTER, LIBRAIRE-ÉDITEUR

RUE SAINT-JACQUES, 38.

LA
VILLE AUX OISEAUX

NOUVEAUTÉS EN LECTURE

DANS TOUS LES CABINETS LITTÉRAIRES

La Franc-Maçonnerie des Femmes, par Ch. Monselet, 4 vol.

Les Mémoires d'un vieux Garçon (Expiation), par A. de Gondrecourt. 5 vol. in-8.

Bavolet, par le vicomte Ponson du Terrail, auteur des *Cavaliers de la Nuit*, la *Tour des Gerfauts*, *Diane de Lancy*. 3 vol. in-8.

Le Pouvoir de la Femme, par Méry. 3 vol. in-8.

La Ville aux Oiseaux, par Paul Féval. 4 vol. in-8.

Zanetta la Chanteuse, par Molé-Gentilhomme. 4 vol. in-8.

Les deux Sœurs de Charité, par Mad. Clémence Robert. 3 vol.

Marthe, par Madame la comtesse Dash. 2 vol. in-8.

Le Vicomte de Chateaubrun, par Gabriel Ferry, auteur du *Dragon de la Reine*, la *Chasse aux Cosaques*. 2 vol. in-8.

Le Page du Roi, par le vicomte Ponson du Terrail. 4 vol. in-8.

Les Mémoires d'un vieux Garçon (Victoires et Conquêtes), par A. de Gondrecourt. 5 vol. in-8.

Les Cavaliers de la Nuit, par le vic. Ponson du Terrail. 4 vol.

Les Paysans, Scènes de la Vie de campagne, par H. de Balzac. 5 vol. in-8.

Les Damnés de Java, par Méry. 3 vol. in-8.

La Fille de Cromwell, par Eugène de Mirecourt, auteur des *Confessions de Marion Delorme*, etc., etc. 4 vol. in-8.

Le Roi de la Barrière, par Paul Féval. 4 vol. in-8.

La Roche sanglante, par Molé-Gentilhomme. 5 vol. in-8.

Le Fou de la Bastide, par Madame Clémence Robert. 3 vol. in-8.

Le Château des Fantômes, par Xavier de Montépin. 5 vol. in-8.

La Fée du Jardin, par Madame la comtesse Dash. 3 vol. in-8.

Le Capitaine Zamore, par le marquis de Foudras et Constant Guéroult, auteur de *Roquevert l'Arquebusier*, etc., etc. 4 vol. in-8.

Le Dragon de la Reine, par Gabriel Ferry. 4 vol. in-8.

Diane de Lancy, par le vicomte Ponson du Terrail. 4 vol. in-8.

Les Amours d'Espérance, par Auguste Maquet, collaborateur d'Alexandre Dumas. 5 vol. in 8.

Les Vautours de Paris, par le marquis de Foudras et Constant Guéroult, auteur de *Roquevert l'Arquebusier*, etc., etc. 4 vol. in-8.

Madame Pistache, par Paul Féval. 2 vol. in-8.

La Tombe-Issoire, par Élie Berthet. 4 vol. in-8.

Le Comte de Sallenauve, par H. de Balzac. 5 vol. in-8.

Les Amours de Vénus, par Xavier de Montépin. 4 vol. in-8.

La Dernière Favorite, par madame la comtesse Dash. 3 v. in-8.

Robert le Ressuscité, par Molé-Gentilhomme. 4 vol. in-8.

Les Tonnes d'Or, par le vicomte Ponson du Terrail. 4 vol. in-8.

Les Libertins, par Eugène de Mirecourt. 2 vol. in-8.

La Famille Beauvisage, par H. de Balzac. 4 vol. in-8.

Un Roué du Directoire, par Eugène de Mirecourt. 2 vol. in-8.

Le Député d'Arcis, par H. de Balzac. 4 vol. in-8.

Imprimerie de Gustave Gratiot, 30, rue Mazarine.

LA

VILLE

AUX

OISEAUX

PAR

PAUL FÉVAL

auteur de

Les Mystères de Londres, les Amours de Paris, le Fils du Diable, la Fontaine aux Perles, la Forêt Noire, les Fanfarons du Roi, la Femme du Banquier, le Château de Velours, etc., etc.

ET

ÉMILE CHEVALET

III

PARIS

L. DE POTTER, LIBRAIRE-ÉDITEUR

RUE SAINT-JACQUES, 38.

1856

LE

DÉPUTÉ D'ARCIS

PAR

H. DE BALZAC

Jamais peut-être, dans aucune de ses œuvres, la supériorité de Balzac ne s'est manifestée avec autant d'éclat que dans le *Député d'Arcis*; jamais il n'a prouvé si hautement qu'il n'est point de sujet si aride, ni d'étude si sévère, qui ne puissent devenir attrayants sous l'aile fécondante du génie. Les admirateurs du grand écrivain s'attendaient à voir briller exclusivement dans cet ouvrage l'observation profonde, hardie, presque infaillible qui forme une des faces les plus saisissantes de son talent; mais, ce qu'ils croyaient impossible dans des *Scènes de la vie politique*, ce qu'ils y trouveront, avec surprise, répandu en abondance et porté au plus haut degré, c'est l'intérêt, mais un intérêt si vif, si attachant, que le *Député d'Arcis* nous paraît supérieur, sous ce rapport du moins, à tout ce qui est sorti jusque-là de la plume de Balzac. Le procédé employé par l'illustre romancier pour atteindre ce prodigieux résultat consiste à laisser dans l'ombre les hautes combinaisons de la politique pour pénétrer dans les familles et y mettre en jeu toutes les passions humaines par le contre-coup des petites intrigues électorales. Là, tous les sentiments, depuis les plus abjects jusqu'aux plus élevés, se déroulent dans des scènes émouvantes et vivement éclairées par des caractères éclatants de vérité. C'est d'abord le comte de Sallenauve, noble figure, poétique et sérieuse à la fois, l'une des plus sympathiques créations de Balzac; puis Mme de l'Estorade, Naïs, la famille Beauvisage, la famille Giguet, la belle et touchante Luigia, puis cette terrifiante et originale figure de Vautrin, revêtant ici un caractère tout nouveau, une dernière et suprême *incarnation*, sublime d'habileté, de dévouement et de pathétique dans son rôle de père. Nous en passons beaucoup d'autres pour laisser au lecteur tout le charme de cette admirable composition qui, nous le répétons, se distingue surtout par un immense intérêt.

LES MÉMOIRES D'UNE PIÈCE DE CINQ FRANCS

PAR

PAUL FÉVAL ET ÉMILE CHEVALET.

Voilà, certes, une des productions originales de ce temps-ci. Une pièce de cinq francs est la bienvenue partout, dans chacune des classes de la société; et si vous accordez à cette pièce la faculté de voir, d'entendre, de pénétrer au plus profond de la pensée de ses possesseurs, et de se souvenir, vous comprendrez combien une pareille donnée prête à l'observation, et tout le parti qu'en peuvent tirer des écrivains de talent. Paul Féval se montre ici sous un jour nouveau; aux émotions du drame, que nul mieux que lui ne sait mettre en œuvre, il a mêlé les aperçus les plus fins, les situations les plus ingénieuses, et l'épisode de *Mme Pistache* restera comme le modèle du comique de bon goût, dont ne devraient jamais se départir les auteurs qui respectent le public. *Roch Farelli*, première partie de l'ouvrage, est un tableau reproduisant d'une manière énergique quelques-uns des aspects les moins étudiés et les plus saisissants de la vie parisienne à tous les degrés de l'échelle; puis, par une transition habilement amenée, on arrive au troisième épisode *Le Roi de la Barrière*, chronique de la Restauration, œuvre d'une grande portée, où l'on voit, au milieu d'une fabulation pleine de péripéties d'un intérêt puissant, se manifester les germes des antagonismes qui devaient faire explosion près d'un demi-siècle plus tard. — En coopérant à cette œuvre remarquable, Émile Chevalet n'a pas perdu de vue qu'il aurait l'honneur de voir son nom réuni à celui de l'illustre auteur des *Mystères de Londres*, et de tant d'autres ouvrages qui ont placé Paul Féval au premier rang des romanciers de notre époque. Collaboration oblige.

CHAPITRE TRENTE-UNIÈME

XXXI

En Berry.

Théodore et Marie trouvèrent à Levroux, chez M. de Champagny, un calme plat dont ils avaient grand besoin après la tourmente qu'ils avaient essuyée.

Cependant, le poète ne se laissait pas énerver par les délices de Capoue. Il avait trouvé le temps de terminer sa comédie, l'*Ecole des Vaudevillistes*, et il lui tardait déjà de retourner à Paris courir les chances de la célébrité et de la fortune. L'existence en Berri, si douce qu'elle fut, lui semblait monotone et ne suffisait pas aux besoins de cette âme remuante et ambitieuse.

Ce n'était pas en s'ensevelissant au fond d'une province qu'il parviendrait à prendre rang parmi les poètes et à fixer sur lui les regards du public. Il lui fallait lutter au plus fort de la mêlée, conquérir tous ses grades sur le champ de bataille. Or, le champ de bataille, c'était Paris. Théodore déclara donc à son père sa résolution d'y aller planter son drapeau.

M. de Champagny, toujours sentencieux dans son langage, répondit à Théodore :

— J'approuve votre projet. Je n'ai depuis longtemps qu'un seul désir, c'est de vous voir relever la noblesse de notre famille. Je vous avais indiqué un moyen d'y parvenir ; vous avez cru devoir en choisir un autre ; tâchez de me prouver que vous avez été mieux inspiré que moi, et jamais père n'aura été plus heureux. C'est une terrible tâche que vous avez entreprise, et peut-être n'avez-vous pas traversé les épreuves les plus difficiles. Le succès n'en sera que plus glorieux et votre bonheur plus assuré. Car ne perdez pas de vue cette vérité que j'ai acquise aux dépens de ma vie entière : le bonheur n'existe que pour celui qui a su le conquérir, de même que la fortune n'est bonne que pour celui qui a eu à lutter contre l'adversité et les privations. — Je vais vous remettre la somme que vous m'avez confiée à votre retour de Dunkerque, elle devra suffire aux frais de votre installation, et je vous fournirai une pension de cent francs par mois, jusqu'à l'époque où vos travaux littéraires deviendront productifs. Sans doute, c'est bien peu, c'est même insuffisant, mais je fais selon mes moyens, et peut-être la pensée de la gêne où je vais me trouver à cause de vous, doublera-t-elle votre courage.

A la veille de quitter Levroux, Théodore eut un serrement de cœur bien douloureux.

Depuis quelques jours la santé de madame Farnèze donnait des inquiétudes à ses amis dont elle semblait éviter la présence. Son caractère n'offrait plus cette égalité et cette sérénité angéliques qui s'alliaient si bien en elle à une haute raison, et il lui arrivait parfois de laisser échapper des paroles qui décelaient une âme froissée par les déceptions.

Elle cherchait à dissimuler ses souffrances sous un sourire dont le contraste n'échappait à personne, et une vieillesse anticipée enlevait chaque jour à son visage une partie de son animation. Du reste, elle ne paraissait pas s'apercevoir elle-même de ce changement et ne faisait rien pour en arrêter les progrès. Elle était dans une de ces phases critiques où la vie offre si peu de compensation, qu'on aspire après l'éternel repos comme après le souverain bien.

Théodore était allé à Verrières avec Marie, prendre congé de madame Farnèze. Revenu à Levroux, se voyant encore quatre heures avant le départ de la diligence, il monta à cheval et revint au grand galop auprès d'Egérie. Il l'avait trouvée plus abattue que de coutume, et avait cru deviner dans son regard qu'elle désirait le voir en particulier.

Quand Théodore entra dans le parloir, madame Farnèze fit un bond convulsif comme si elle eût eu peur, puis, elle retomba sur son fauteuil, en cachant dans ses mains son visage inondé de larmes.

— Je vous ai senti souffrir, dit Théodore en s'approchant d'elle, et je suis revenu.

— Je savais que vous reviendriez, répondit-elle après avoir fait un appel énergique à sa volonté pour surmonter son trouble; oui, je savais que vous reviendriez. Mais vous m'êtes apparu au milieu de je ne sais quelle méditation; et c'est ce qui m'a occasionné cet étrange mouvement. Je vous en demande pardon... asseyez-vous là que je vous fasse ma confidence.

— Oh! parlez, parlez, madame, et puissé-je vous rendre une partie du bonheur que vous m'avez donné!

— Vous me souhaitez du bonheur, enfant! je vais avoir quarante ans et j'ai toujours souffert. Avec quoi voulez-vous que je fasse du bonheur personnel, maintenant? je ne dois pas me plaindre, pourtant! j'ai eu de beaux reflets sur mon existence, des amis dévoués et dont l'affection n'a jamais varié; avec cela, ma part aura été assez belle. C'est à vous, cher, que je souhaite du bonheur. Vous pouvez tout pour le vôtre, il va dépendre de vous seul. Oh! aimez toujours votre jeune femme et cultivez son amour. Votre bonheur à vous deux est là tout entier. Quant à moi, mon dernier jour arrivera avant que je n'aie pu accomplir ma tâche. Mais mon fils ne sera pas seul dans le monde, n'est-ce pas? je vous confierai ce dépôt sacré et il fructifiera entre vos mains, dites?

— En toutes circonstances vous pouvez compter sur moi comme sur vous-même. J'en prends l'engagement solennel. Vos lugubres prévisions ne se réaliseront pas de sitôt — c'est pour cela que je vous dis : au revoir.

— Moi, je vous dis adieu ; nous ne nous reverrons plus.

— Ne parlez pas ainsi, au nom du ciel ! vous m'ôteriez tout le courage dont je vais avoir si grand besoin. Vous ne savez donc pas combien je vous aime ? non, vous ne le savez pas !

— Et moi ? est-ce que je ne vous aime pas ? Mais partez... partez... adieu, je tâcherai de vivre.

Ce fut une triste séparation. Aussitôt que

Théodore fut sorti, madame Farnèze suffoquée par la douleur ne put retenir ses sanglots.

— Ah! mourir, dit-elle, mourir cent fois plutôt que de vivre ainsi!

Théodore fut sorti, madame Farnèze suffo-quée par la douleur ne put retenir ses sanglots.

— Ah! mourir, dit-elle, mourir cent fois plutôt que de vivre ainsi!

CHAPITRE TRENTE-DEUXIÈME

CHAPITRE TRENTE-DEUXIÈME

XXXII

Abondance de biens.

Théodore, mettant à profit son expérience de la vie parisienne, économisa soigneusement son capital.

Il prit un modeste appartement dans le

quartier tranquille du Luxembourg, le meubla simplement, et hâta ses arrangements d'intérieur pour consacrer tout son temps à de plus graves intérêts.

Bien que l'éducation de Marie eût été celle d'une jeune fille qui doit passer sa vie dans le confortable, que ses goûts la portassent vers ces occupations futiles qui remplissent les moments perdus d'une femme du monde, et qu'elle eût en toutes choses cet instinct aristocratique auquel on reconnaît au premier coup d'œil la femme bien née, elle accepta sans répugnance et avec une grâce infinie les assujétissements de sa position médiocre; elle en parut même heureuse.

C'est que l'amour façonne la femme à tous les dévoûments, et qu'elle ne se croit pas dans l'adversité, tant qu'elle trouve un cœur répondant aux mystérieuses sympathies du sien.

Du reste, toutes les précautions prises pour préserver le jeune ménage des fâcheuses éventualités de l'avenir, devinrent superflues; comme César, Théodore pouvait s'écrier : *Veni, vidi, vici.*

Au lieu du sentier montueux, rude, coupé de ravins, de ronces et d'obstacles de toute nature, qui devait le conduire au succès, il rencontra un chemin large, aplani, rapide; un vrai chemin de fer sur les rails duquel l'emportaient des wagons chargés d'or et de célébrité.

Lorsque Théodore vint au Théâtre-Français pour demander lecture de sa comédie et s'informer en même temps de la détermination prise au sujet de son drame dont il n'avait plus entendu parler depuis son départ pour Dunkerque, il fut reçu par le directeur de la manière la plus affable.

— Bonjour, monsieur le comte, lui fut-il dit; vous arrivez à propos; j'allais vous écrire. Votre pièce est non seulement reçue, mais elle est à l'étude et sera jouée sous deux mois. Vous trouviez le temps long, n'est-ce pas, monsieur le comte?

— Comme un homme à qui il ne restait

plus que cette chance de salut. Veuillez recevoir mes sincères remercîments, car c'est à votre bon vouloir que je dois sans doute ce qui m'arrive d'heureux. Comment ai-je mérité cette faveur? Et puis, comment savez-vous mon véritable nom et ma qualité?

— Il est certain que vous devez être surpris de l'intérêt que je vous ai témoigné. Nous autres directeurs de théâtres, ne sommes pas dans l'usage de gâter les débutants; aussi, est-il vrai, je vous le dis franchement, que j'avais, pour vous traiter favorablement, des raisons particulières. J'ai beaucoup connu autrefois M. le marquis de Champagny, j'ai même été son obligé dans le temps de sa grande fortune qui s'est écroulée tout à coup, sans que personne ait soupçonné la cause de cette ruine. Vous lui ressemblez à tel point, que je vous ai reconnu immédiatement pour son fils. J'ai donc saisi avec empressement l'occasion qui s'offrait à moi de rendre service pour service, et c'est à cette considération d'abord, puis à votre mérite réel, que j'ai usé de mon influence sur le comité pour faire recevoir votre ouvrage et lui obtenir un tour de faveur, ce qui n'était pas chose facile. Savez-vous que nos cartons regorgent de pièces reçues depuis dix et quinze ans ?

— Oh ! mon Dieu ! il y a de quoi effaroucher les plus intrépides... Et moi qui ai fait encore une comédie en cinq actes et qui venais tout naïvement solliciter une lecture... je n'ose plus maintenant...

— Osez, au contraire. Les comédiens sont assez contents de votre drame ; cela les disposera à accueillir votre comédie. Venez tous les jours surveiller les répétitions.

— Merci, monsieur, merci mille fois, je vous devrai mon avenir.

Théodore sortit de là pour se rendre chez un des plus fameux éditeurs de Paris, qui demeurait rue Saint-Germain-des-Prés. Le libraire le reçut comme un libraire reçoit les inconnus qui vont offrir leurs œuvres. Il resta assis sur sa chaise de bureau et continua de compulser ses registres, tout en demandant d'un ton de complète indifférence, et selon l'invariable formule :

— Que puis-je pour votre service?

— Monsieur, je désire vous faire éditer un volume de poésies.

— Monsieur, adressez-vous ailleurs, je ne puis me charger de cela.

— Monsieur, jé ferai les frais d'impression, de papier, d'annonces.

L'éditeur ferma son registre et ôta sa casquette.

— Donnez-vous donc la peine de vous asseoir, monsieur, et couvrez-vous, je vous en prie.

Théodore mit son chapeau sur sa tête et s'installa dans un fauteuil de cuir vert à clous dorés.

— Vous disiez donc, monsieur, que vous vous chargez de tous les frais ?

— Oui, monsieur, tous les frais d'une édition de luxe, avec gravures de Tony Johannot.

— Parfaitement, monsieur.

— Vous mettrez au bas de ce livre votre nom d'éditeur, vous vous chargerez des soins de la mise en circulation, et prélèverez cinquante pour cent sur la vente. Acceptez-vous ?

— J'accepte. Nous commencerons l'opération à votre convenance.

— Tout de suite, monsieur, car je tiens essentiellement à ce que ce volume paraisse en même temps qu'on représentera ma pièce aux Français.

— Ah! monsieur sera joué aux Français! à qui donc ai-je l'honneur de parler?

— A monsieur Théodore Champagny.

— L'auteur de *Lydia?*

— Lui-même.

— Que je suis heureux du hasard qui vous amène chez moi ; voilà dix mois que je cours après vous sans pouvoir vous attraper. Il faut que vous me vendiez la seconde édition de votre roman.

— Ce livre ne m'appartient pas, je l'ai

vendu en toute propriété au libraire Giganet.

— Giganet! un Juif, un brocanteur de livres! comment avez-vous pu vous adresser à cet homme-là?

— Parbleu... c'est le seul qui ait voulu m'écouter.

— Aussi... quand on voit un nouveau visage... un nom que personne ne connaît... on ne peut pas aller deviner qu'on vous apporte un livre à succès... Toujours est-il qu'il me faut absolument cette seconde édition. Je me charge de décider Giganet à une renonciation. Le bourreau!... je parierais qu'il ne vous a pas payé votre livre plus de trois ou quatre cents francs!

— Je l'ai vendu cent cinq francs.

— Cent cinq francs!... Il n'y a que ces gens-là pour trouver de telles aubaines! mais le vieux loup n'en fera pas la seconde édition... je vous l'achète à l'instant.

— C'est impossible... vous m'exposeriez à un procès dans lequel toutes les chances seraient pour Giganet.

— Laissez-moi faire. D'après notre traité, je serai seul responsable de ce qui pourra arriver. Ainsi, voilà ce que je vous propose: j'éditerai votre volume de poésies à mes frais; je deviendrai propriétaire à mon tour de votre roman dont je publierai immédiatement la deuxième édition, moyennant quoi je vous verserai une somme de cinq cents francs. Est-ce conclu ?

— C'est conclu si vous me garantissez contre les poursuites de Giganet.

— Soyez tranquille. Je vous enverrai, ou plutôt je porterai moi-même demain, chez vous, le traité que vous signerez s'il vous convient, et je vous porterai votre argent. A demain donc !

En récapitalant les heureux événements qui s'annonçaient pour lui, Théodore crut faire un rêve. Quel changement, grand Dieu, en quelques heures ! comme les libraires commencent à s'humaniser ! Ce n'est plus lui qui est obligé d'offrir ses ouvrages ; on les lui demande ; on le supplie de signer des traités et de recevoir de l'argent. Et sa pièce qui est en répétition ! Et une lecture qu'il obtiendra sans difficulté ! Quand on est en si belle passe, on ne songe plus à faire des économies comme un commis à douze cents francs; on peut se passer une fantaisie.

C'est pourquoi Théodore jeta dans le ruisseau ses gants noirs fanés, en acheta de couleur paille; puis, ayant fait cirer ses bottes, prit un cabriolet de remise et se fit conduire chez l'agent dramatique.

Il voulait savoir si son collaborateur Neuville s'était conformé à ses intentions en faisant toucher à Rosalba sa part de droits d'auteur, et peut-être espérait-il aussi apprendre là de quelle manière cette malheureuse fille avait quitté le théâtre pour se réfugier dans un couvent où l'attendait une fin si déplorable.

Mais ce jour-là notre héros marchait de prodiges en prodiges : la fortune semblait vouloir l'accabler de ses dons. Il apprit d'abord que Rosalba n'avait rien voulu recevoir, ensuite, que Neuville n'avait retenu pour lui que la moitié des droits, abandonnant l'autre moitié à son collaborateur. Il faut croire que la lettre au vaudevilliste avait produit de l'effet sur la conscience de Neuville.

— Ainsi, continua l'agent dramatique, tout compte fait des représentations à Paris et en province, et ma commission retenue, j'ai à vous verser treize cent vingt-huit francs. Voulez-vous un billet de mille francs ou tout en argent?

Théodore écarquillait les yeux d'un air stupide.

L'agent dramatique ajouta :

— Vous aurez aussi un compte à régler avec M. Porcher, pour les billets d'auteur. Il vous sera dû quatre ou cinq cents francs. Si vous voulez vous épargner la peine d'aller chez lui et que vous m'autorisiez à toucher cet argent, vous l'enverrez prendre ici.

— J'aime autant que vous vous en chargiez, puisque vous avez la bonté de me l'offrir. Vous aurez à toucher prochainement mes droits pour mon drame des Français.

— Très bien. Je vous ferai signer une procuration quand il en sera temps.

Théodore fut étourdi par les succès de cette triomphante journée. La joie le grisa.

Sa première idée fut d'aller chez Neuville pour lui dire qu'il lui rendait toute son estime; il avait même donné son adresse au cocher; mais en passant devant le magasin de Susse, il s'y arrêta pour acheter un cachet d'or à manche de cristal, un coupoir d'ivoire ciselé, une écritoire bronze et or, avec des figurines d'après Dantan; un porte-plume de luxe, un pupitre en palissandre incrusté, garni de papiers à lettres, un buvard de maroquin, faisant marquer le tout au chiffre de Marie.

Combien il lui était doux d'associer sa jeune femme à son bonheur! Ses longues épreuves touchaient à leur fin, et il attribuait superstitieusement sa prospérité à la salutaire influence de Marie.

Et pourtant, tout cela n'était rien comparativement aux brillantes destinées qui se préparaient pour Théodore.

Se voyant en mesure de se passer de tout secours étranger, il écrivit à son père pour renoncer à la pension qu'il devait lui faire. Il le priait en même temps de se trouver à Paris pour la représentation de sa pièce, et de descendre chez lui où il lui ferait préparer une chambre convenable.

L'éditeur de la rue Saint-Germain-des-Prés était venu comme il l'avait promis, et le traité dont il a été question avait été signé.

La comédie, *l'École des Vaudevillistes*, avait été lue au comité du Théâtre-Français et reçue sans opposition.

Théodore et Neuville devinrent très bons amis.

Le volume de poésies et la deuxième édition de *Lydia*, parurent simultanément, avant la représentation du drame qui fut retardé par l'indisposition de l'un des principaux acteurs.

Le monde littéraire accueillit ces ouvrages avec faveur. La réputation du roman s'était faite pendant le séjour de l'auteur à Dunkerque, par un article du *Journal des Débats*, et sans que Giganet en eût rien su, parce qu'il s'était empressé de se débarrasser de tous ses exemplaires au moyen d'échanges avec ses confrères qui se les virent enlever en peu de temps. C'est pour cette raison que le nouvel éditeur avait mis tant d'insistance à acquérir cette propriété que le vieux Giganet lui abandonna à des conditions fort avantageuses.

Les journaux se montrèrent si unanimes et mirent tant de diligence à s'occuper de ces deux livres pour en faire un éloge peut-être exagéré, qu'il est supposable que ces articles furent obtenus à prix d'argent. Le public qui n'est jamais dans le secret de ces sortes d'intrigues, accepta telle quelle cette célébrité qu'on lui livrait toute faite, et vint même la confirmer authentiquement en applaudissant le drame d'*Isabelle de France*.

M. de Champagny était à Paris depuis plusieurs jours, et placé entre Théodore et Marie dans une loge grillée, il assistait à la représentation.

Au moment où l'on allait proclamer le nom de l'auteur, M. de Champagny dit à Théodore :

— Vous pouvez faire annoncer que l'ouvrage est dû comte Théodore de Champagny. Je vous crois digne de porter votre noblesse.

Le lendemain, le marquis sortit de très grand matin. Quelques heures après, il revint déjeûner avec ses enfants, et montra une gaîté douce que Théodore n'avait jamais remarquée en lui.

— Mes enfants, dit-il en se levant de table, vous m'avez offert l'hospitalité et procuré de grandes jouissances de cœur. Aussi, je suis heureux et fier maintenant de pouvoir vous donner les preuves d'une tendresse qui ne s'est jamais démentie, croyez le bien, Théodore, quoique vous n'ayez pas manqué sans doute de m'accuser quand l'adversité s'est appesantie sur vous. Mais cette adversité, je voulais que vous la connussiez. Elle vous aura été bien utile, puisque sans elle vous n'auriez pas trouvé l'ange dont vous avez fait votre femme et dont vous ne sauriez suspecter l'amour désintéressé. Vous aurez foi dans l'affection de ceux qui sont devenus vos amis quand vous étiez pauvre et délaissé. Enfin, et c'est là le but que je me suis proposé, vous n'aurez pas été saturé avant le temps par toutes les jouissances de la vie; vous serez à l'abri du dégoût qui naît de la satiété, le désir n'aura pas été émoussé en vous, vos illusions n'auront pas été déflorées et je vous aurai ménagé mille chances de bonheur qui n'existent pas pour les riches de naissance. Sans compter que vous connaîtrez mieux qu'eux la vraie puissance de l'argent et le noble emploi qu'on en peut faire. Vos misères passées ont été l'ouvrage de ma volonté autant pour le moins que des passions qui vous ont entraîné et du mauvais choix que vous avez fait de la carrière littéraire sans avoir le génie d'un grand poète et d'un grand écrivain. Vous vous êtes obstiné à rester dans cette voie, peut m'importe après tout, puisque vous y montrez autant de talent que la moyenne de vos confrères. Seulement, pour que vous ne vous laissiez pas trop enorgueillir par vos succès, souvenez-vous que j'ai contribué beaucoup plus que vous-même, d'abord à vous faciliter la vie matérielle, ensuite à vous mettre en faveur dans les journaux et au théâtre. C'est moi qui vous ai fait remettre mille francs par le directeur de la troupe de Grenoble, qui ai autorisé Giganet à vous prêter la somme qui vous a fait passer quelque temps à la prison pour dettes. Sans moi, *Isabelle de France* n'aurait pas été jouée au Théâtre-Français, et vous n'auriez pas trouvé d'éditeur. C'est encore moi qui ai fait parvenir à notre bonne Marie cette corbeille de mariage qui a causé tant de surprise.

Théodore et Marie se jetèrent dans les bras du marquis. Il pleurait de joie et Théodore oubliant les petites mortifications renfermées dans les confidences qui venaient de lui être faites, lui demanda pardon d'avoir longtemps douté de son affection.

— Je savais à quoi je m'exposais, répondit M. de Champagny, en traçant mon plan de conduite à ton égard ; mais le bonheur de mon fils unique méritait bien un sacrifice. — Allons, enfants, continua-t-il, ne voulant pas rester sous le coup de cette sensation de bonheur qui le suffoquait ; allons, venez avec moi, je vous offre l'hospitalité à mon tour.

Théodore et Marie le suivirent sans comprendre le sens de ces dernières paroles. A la porte de leur maison, ils trouvèrent une voiture, dite briska, d'un travail et d'un goût parfait, attelée de deux magnifiques chevaux qui écumaient et piaffaient d'impatience.

— Cette voiture vous appartient, mes enfants, dit le marquis ; elle porte vos armoiries. Montez donc, enfants, ne laissez pas voir votre étonnement à vos domestiques.

La voiture partit et s'arrêta devant un hôtel de la rue de Lille. Avant qu'on eut ouvert la porte pour laisser entrer l'équipage, M. de Champagny fit lire à son fils les deux mots écrits en lettres d'or sur le fronton : *Hôtel Champagny*. La cour était remplie de valets qui vinrent déposer leurs hommages aux pieds de leurs jeunes maîtres et prendre leurs ordres.

Ensuite, le marquis leur fit visiter en détail les vastes appartements meublés selon les caprices de la mode, du bon goût et de la fantaisie, et avec une magnificence attestant une immense richesse.

— Ceci est le grand salon, leur disait-il, en expliquant la distribution intérieure : ici, un second salon pour les réceptions ordinaires. Voici la salle à manger avec les buffets pourvus de vaisselle et d'argenterie. — La chambre à coucher de Théodore. — Celle de Marie. — Le cabinet de travail et la bibliothèque de Théodore. — Les appartements ouvrant sur le jardin sont destinés aux parents ou amis que vous voudrez recevoir. — Au second étage, les chambres de vos gens. — Ici l'écurie. Quatre chevaux pour la voiture ; deux chevaux de selle. — Sous la remise, outre le briska, un landaw, une chaise de poste, et un cabriolet. — Le bahut de vieux chêne sculpté que je vous ai montré dans le cabinet de travail, renferme des titres de propriété en Normandie, en Orléanais et en Berri, propriétés donnant un revenu de cent quatre-vingt mille francs. Il renferme également des titres d'actions et d'inscriptions de rentes. Voici la clé de ce meuble doublement précieux. Tout cela est à vous. Pour mes besoins personnels, je me suis réservé vingt mille francs de rentes sur le grand livre. Le plan que je me suis tracé pour votre éducation, m'a procuré des économies considérables, et m'a même empêché de faire beaucoup de bonnes œuvres; je vous laisse le soin de réparer ce malheur qui était nécessaire à mon système. — Tout est à vous, mes chers enfants, à vous deux !

— A nous trois, répondit Théodore, car nous ne faisons qu'une seule famille, qu'un seul cœur.

CHAPITRE TRENTE-TROISIÈME

XXXIII

Un dîner chez la tante Salmon.

Pendant quelques jours, cette fortune eut pour Théodore quelque chose de fantastique. Il se crut devenu le héros d'un conte des *Mille et une Nuits;* mais une fois la première impression passée, et quand il eut considéré sa nouvelle position sous toutes ses faces, il se demanda s'il y avait plus de bonheur dans la réalité des jouissances de la richesse, que dans le désir de ces mêmes jouissances.

C'est que la plus chère, la plus excitante de ses illusions venait de lui être enlevée. Quels beaux rêves il faisait, alors qu'il évoquait l'avenir et parcourait une à une les étapes qui devaient le conduire au succès! A présent que tout lui arrivait à souhait, que pouvait-il désirer? Or, renoncer à ses rêves, n'était-ce pas renoncer à toute sa vie qui n'avait été qu'un rêve?

Son existence était donc entièrement à

refaire. Ce n'était plus seulement un poëte courant après la gloire; il devenait un citoyen ayant à rendre compte à la société d'une fortune immense. Naguère pauvre, insoucieux, plein de poésie, d'amour, d'enchantements intellectuels, il se créait un paradis au milieu duquel il oubliait le monde réel auquel il ne devait rien. Maintenant qu'il était riche, il ne lui était plus permis de jouer dans le monde un rôle tout passif, sans être, à ses propres yeux, un malhonnête homme. Il lui fallait secourir toutes les misères, donner du travail à l'ouvrier inoccupé, chercher dans Paris les intelligences froissées et méconnues, deviner les poëtes qui se frayent leur chemin à travers une société qui leur devient de plus en plus antipathique.

S'il fut effrayé d'abord des exigences attachées à sa qualité de noble et de riche, il ne tarda pas à découvrir qu'elles entraînaient à leur suite d'admirables compensations, puisqu'il avait acquis le pouvoir de faire le bien. Il est vrai qu'il sacrifiait à cela ses propres instincts, mais il avait l'âme trop généreuse pour transiger avec l'impérieux sentiment du devoir.

Beaucoup de personnes de Dunkerque avaient glosé sur le mariage de Théodore avec mademoiselle de Kéramek, sous prétexte qu'ils n'avaient de fortune ni l'un ni l'autre, que le jeune homme n'était qu'un petit *écrivassier* et qu'il ne pouvait qu'être fort malheureux en ménage. On ajoutait que le général aurait fait preuve de sagesse en prenant pour gendre M. de Mettry, ingénieur des ponts-et-chaussées.

Théodore qui avait à remplir à Dunkerque un pieux devoir, voulut profiter de l'occasion pour tirer une innocente vengeance de tous ces propos bourgeois.

Il écrivit au propriétaire de l'hôtel de France de lui préparer le plus bel appartement, se mit en route avec Marie dans une chaise de poste attelée de quatre chevaux, et fit son entrée dans les murs de Dunkerque après recommandation aux postillons de faire tapage de leurs fouets.

Aussitôt arrivé, Théodore fit distribuer le billet suivant :

« M. le comte Théodore de Champagny et madame Marie de Kéramek, comtesse de Champagny, ont l'honneur de vous prier d'assister au service funèbre qui aura lieu à dix heures du matin, en l'église paroissiale, pour le repos de l'âme de feu M. le général de Kéramek. »

Cette cérémonie attira la société Dunkerquoise tout entière, et valut au jeune ménage d'innombrables visites et des invitations gracieuses de la part de ceux qui avaient le plus exercé leur causticité au sujet du mariage. Cette simple vengeance parut douce au cœur de Théodore ; il était même vengé depuis longtemps, sans qu'il s'en doutât, car on avait appris à Dunkerque ses succès littéraires, on savait que son père l'avait mis en possession d'une fortune immense et d'un titre nobiliaire. Tout cela avait même fait dire que le comte Théodore s'était mésallié par son mariage, et que le marquis de Champagny avait eu le plus grand tort d'agir sournoisement, attendu que son fils n'aurait pas manqué à Dunkerque d'excellents partis, si on eût pu soupçonner sa véritable position. Ces charitables personnes faisaient allusion à leurs filles à marier.

Madame Salmon avait montré, dans le temps, trop d'aigreur à sa nièce et à son neveu, pour se décider à les aller voir, quoi qu'elle en eût une furieuse tentation. Elle sentit que cette démarche accuserait une platitude excessive et se contenta d'envoyer près d'eux ses enfants accompagnés de la tante Ducormier.

Théodore fit l'accueil le plus aimable à ses anciens élèves et à leur grand'tante, s'informa avec intérêt de madame Salmon, et manifesta le désir de la voir si elle lui permettait d'aller chez elle. Il distribua aux enfants de magnifiques cadeaux apportés dans cette intention, et écouta patiemment pour la millième fois, l'histoire des relations de madame Ducormier avec le chevalier de la Rocheblanche, son pauvre ami qu'elle avait eu le malheur de perdre.

Aussitôt qu'elle fut avertie des dispositions pacifiques de Théodore, madame Salmon crut pouvoir faire auprès de lui une démarche amicale, sans compromettre sa dignité. L'entrevue fut, de sa part, aussi expansive que si elle n'eût pas eu avec le jeune couple de sérieux démêlés. Elle reprocha très vertement à ses chers neveu et nièce de n'être pas descendus chez elle, les accabla de prévenances, les félicita de leur prospérité et ne fit pas la moindre allusion à leur querelle passée. Théodore se prêta de bonne grâce à cette comédie et accepta une invitation à dîner pour le lendemain.

Il y avait trente couverts à la table de madame Salmon qui avait voulu traiter M. le comte et madame la comtesse d'une manière digne de leur haute position. Théodore, qui était venu une heure à l'avance pour prouver à sa tante qu'il ne lui gardait pas rancune, assista à l'introduction des invités, introduction qui eut lieu selon les règles de l'étiquette dunkerquoise.

— M. et madame Blaireau.

— M. et madame Goulard.

— M. et madame Puymor (dit de Puymor).

Ces gens-là étaient inévitables chez madame Salmon.

— M. le maire.

— M. et madame de Meltry.

Ce nom piqua vivement la curiosité de Théodore qui regarda entrer l'ingénieur des ponts-et-chaussées remorquant un diminutif de femme d'une laideur parfaite et affligée d'une protubérance placée entre deux épaules. S'approchant de madame Ducormier dont la langue, par un hasard extraordinaire, était inoccupée, Théodore lui demanda :

— M. de Mettry est donc en puissance de femme ?

— Sans doute, vous ne le saviez pas ? Il s'est marié presqu'en même temps que vous. Cette petite *boscotte* là, telle que vous la voyez, lui a apporté cent quarante mille francs de dot ! Feu ce pauvre ami, M. le chevalier de Larocheblanche, avait une sœur qui était bossue aussi... ce pauvre chevalier! imaginez-vous, monsieur Théodore...

M. Théodore était déjà loin, il avait fait mine d'aller saluer un nouveau-venu, pour ne pas subir une tirade qu'il savait par cœur. Il jeta sur de Mettry un regard de compassion, et fut tenté de lui demander pardon de l'avoir poussé à cet acte de désespoir matrimonial.

— M. le commissaire de marine!

— M. le sous-préfet!

L'honorable fonctionnaire se précipita plutôt qu'il n'entra dans le salon. Il ne salua personne et cria de toute la force de ses poumons :

— Où est-il ?... où est-il ?... ah ! le voilà !

Il venait d'apercevoir Théodore dans l'embrasure d'une fenêtre. Il courut à lui, lui sauta au cou et lui donna deux énormes baisers retentissants comme ceux d'une nourrice.

— Ce cher ami, disait-il, je le retrouve donc, ce cher Champagny ! suis-je content de le voir ! suis-je assez content !... embrassons-nous encore. Comme il est toujours maigre et fluet ! Voyez donc, moi, quel embonpoint ! je ne dépéris pas, dites ? Toujours Roger bontemps, comme autrefois à Grenoble ! Ah ! ah ! nous avons fait chacun notre petit bonhomme de chemin! une année à la rédaction du journal de Paris, deux mois dans les bureaux du ministère de l'Intérieur, et me voilà sous-préfet! sous-préfet de Dunkerque encore! hein! c'est rapide! Et pour comble de bonheur, je retrouve un ami, le meilleur de mes amis! Messieurs, le comte Théodore de Champagny me doit son premier triomphe littéraire et dramatique, il peut vous le dire... mon cher, faites-moi donc l'honneur de me présenter à madame la comtesse de Champagny.

— Marie, je vous présente M. Léonidas Capron, que j'ai connu rédacteur du *Journal de l'Isère*, et dont j'ai eu l'occasion de vous parler.

La jeune femme s'inclina froidement devant M. le sous-préfet, et son mari s'aperçut avec plaisir, qu'elle comprenait que la position officielle de ce parvenu, ne lui donnait aucun titre à l'estime des gens qui connaissaient son caractère et sa valeur morale. Théodore se sentait disposé à le mépriser d'autant plus qu'il le voyait recueillir les fruits de sa vénalité.

Il fut blessé de cette chaleur d'affection et de cette familiarité si bruyamment témoignée par l'ex-apprenti pharmacien ; aussi resta-t-il vis-à-vis de lui dans les termes de la politesse la plus cérémonieuse, bien déterminé à lui répondre, s'il en était besoin, qu'il n'avait pas oublié comment il s'était conduit à Grenoble, après la représentation de son drame, et qu'il savait aussi l'affaire du pot de vin extorqué au directeur Filandeux.

— Madame est servie.

Théodore offrit son bras à sa tante, et en regardant Léonidas :

— Le monde a parfois de bien sales aspects, pensa-t-il.

Le comte et la jeune femme ne tardèrent pas à rentrer à Paris, après avoir fait élever un beau monument sur la tombe du général de Kéramek.

Théodore avait pensé à un pèlerinage au

couvent de l'Adoration perpétuelle; mais la rencontre qu'il fit de Capron, lui rappela que Rosalba avait appartenu à cet homme et il n'eut plus pour la mémoire de cette malheureuse fille, le respect qu'elle méritait, peut-être.

couvent de l'Adoration perpétuelle; mais la rencontre qu'il fit de Capron, lui rappela que Rosalba avait appartenu à cet homme et il n'eut plus pour la mémoire de cette malheureuse fille, le respect qu'elle méritait, peut-être.

CHAPITRE TRENTE-QUATRIÈME

XXXIV

Madame Farnèze est morte en emportant avec elle dans la tombe le secret du mal qui l'a tuée.

Elle a légué son fils au comte de Champagny.

XXXIV

Madame Farnèze est morte en emportant avec elle dans la tombe le secret du mal qui l'a tuée.

Elle a légué son fils au comte de Champagny.

LE HIBOU PARADOXAL

Dans une vieille tour, située à quelques lieues de la *Ville aux Oiseaux*, une nombreuse famille de biboux avait fixé sa résidence. Ces biboux vivaient en assez bonne intelligence, dévorant en commun, pendant le jour, le produit de leurs chasses ou de leurs rapines apporté au gîte pendant la nuit, et passant le reste du temps dans cette demi-somnolence si propice aux digestions.

Il paraissait impossible que rien pût troubler la profonde quiétude dont jouissaient au fond de leurs trous, les hôtes de la tour; mais les pauvres créatures de ce monde, bêtes ou gens, peuvent-elles donc jamais compter sur des jours sans orages?

Il arriva qu'un chat-huant eut la tête bouleversée par la lecture des philosophes et ne pensa à rien moins qu'à révolutionner la société des hiboux à laquelle il voulut donner des bases nouvelles. A la communauté de l'existence, il proposa de substituer l'individualisme, corrigé par la solidarité; à la pluralité des femelles, il prétendit opposer le dogme de la monogamie; au culte de la nuit, il rêva de substituer la foi et l'adoration ayant pour objet le soleil. Puis mille autres innovations non moins baroques qu'il lui prit fantaisie d'introduire non seulement dans la famille à laquelle il appartenait, mais encore dans la nation tout entière des hiboux.

Les routiniers habitants de la tour commencèrent par rire des billevesées de leur camarade, qu'ils attribuèrent à une indisposition momentanée, comme par exemple un embarras gastrique réagissant sur le cerveau, et ils s'en rapportèrent à l'Hippocrate de leur tribu du soin de ramener le malade à de plus saines idées. Mais quand ils le virent, en dépit des diètes qui lui furent prescrites et des douches qui lui furent administrées, non-seulement persister dans ses effroyables hérésies, mais encore essayer de faire des prosélytes parmi les hiboux, en ouvrant des conférences et mettant au défi de rétorquer sa dialectique, une rumeur indescriptible s'éleva contre ce novateur dangereux, et l'on forma aussitôt un jury des plus anciens de la population, auquel on donna mission de statuer sur la punition encourue par le hibou révolutionnaire, perturbateur de la paix publique.

Malgré, ou plutôt à cause de la défense éloquente qu'il présenta lui-même de ses doctrines, l'inculpé ayant contre lui la déposition d'une femelle de mauvaise vie et d'un *grand-duc* fainéant, président de la communauté où tout était profit pour son auguste personne, fut trouvé coupable à *l'unanimité*. Il n'y eut désaccord que sur la peine qu'il convenait d'appliquer à ce grand criminel.

La discussion fut longue et acharnée dans le trou des délibérations : six becs opinèrent pour la peine de mort au moyen d'une infusion de ciguë; six autres becs s'ouvrirent pour voter un bannissement perpétuel. Le partage des becs en deux séries égales, devant emporter la peine la moins sévère, le *grand-duc* revêtit de sa griffe le libellé du jugement devenu immédiatement exécutoire.

Le coupable fut immédiatement expulsé de la tour, escorté par les malédictions de tous ceux de sa tribu, dont quelques-uns s'oublièrent au point de lui arracher des plumes, et avec injonction expresse de ne jamais se mêler à aucune société de hiboux en quelque lieu de la terre que ce fût.

Le banni, fort de sa conscience, persuadé qu'il viendrait un temps où ses doctrines triompheraient, où son nom, aujourd'hui conspué, serait entouré d'une auréole de gloire, s'éloigna de la tour à tire-d'aile, sans jeter un regard en arrière, se contentant, suprême effort de la philosophie, de plaindre ses ignorants persécuteurs et de leur pardonner.

Le hasard le fit se diriger vers le parc de la *Ville aux Oiseaux*, et, fatigué de son long voyage, il se posa sur la branche d'un orme centenaire, et s'aperçut avec une surprise mêlée de joie que le tronc de ce vieil arbre avait une excavation profonde qui lui offrait une demeure très suffisante.

Les philosophes doivent savoir se contenter de peu, à moins, ce qui n'est pas sans exemple, qu'ils ne réservent toute leur philosophie pour leurs livres.

Justement, peu de temps après son installation dans son nouveau domicile, tandis qu'Angélique était mollement accroupie sur l'herbe, au pied de l'orme, tous les oiseaux du parc se trouvaient réunis sur ce même arbre, en séance académique.

Ils devisaient entre eux de poésie et de littérature, et parlaient d'ouvrir un tournoi littéraire auquel seraient conviés tous les oiseaux cultivant les belles-lettres.

Cette proposition fut accueillie par un assentiment général, exprimé par des vocalises comme jamais il n'en avait résonné dans le parc.

Le hibou philosophe écoutait de toutes ses oreilles, tandis qu'Angélique prenait des notes pour transporter dans notre langue le procès-verbal de cette curieuse séance.

Le sujet mis au concours fut celui-ci :

Les lettres et le littérateur au XIXe siècle.

Le prix à décerner au vainqueur devait être la queue d'un oiseau de paradis.

Le hibou crut voir là une occasion favorable de combattre des préjugés et de ramener les oiseaux à des opinions plus rationnelles en matière de littérature, et après avoir médité mûrement son sujet, il rédigea l'étude qu'on va lire.

Seulement, ce qui n'avait été fait que pour l'académie des oiseaux, fut transformé, sous la plume d'Angélique, en un discours de tout point applicable à la société humaine, bien que toutes les idées du hibou paradoxal aient été religieusement conservées.

Ce discours ne fait que compléter l'œuvre qui précède : ce sera une sorte de *postface* qui ne paraîtra pas sans doute dénuée d'intérêt aux lecteurs qui ont quelque souci de connaître le rôle qui est réservé aux lettres et aux gens de lettres dans l'économie des sociétés modernes.

L'auteur de l'étude qui suit avait pris

pour épigraphe ce conseil qu'il avait trouvé écrit dans les livres de Bernard Palissy :

Dis ce que tu penses.

pour épigraphe ce conseil qu'il avait trouvé écrit dans les livres de Bernard Palissy :

Dis ce que tu penses.

CHAPITRE PREMIER

Je me propose, dans ce discours, de parler de la littérature comme jamais littérateur n'a eu la pensée ou la bonne foi d'en parler, et je commence, avant tout, par remercier du fond de mon cœur le Mécène anonyme qui a convié les gens de lettres à traiter une question qu'il considère, avec raison, comme très importante, et de laquelle doit découler un fécond enseignement.

Depuis longtemps déjà, j'avais la main pleine de vérités ayant trait aux lettres et aux littérateurs, que j'éprouvais le désir de répandre et que je gardais pour moi, parce je ne voyais aucun moyen de les produire utilement.

Aujourd'hui l'occasion m'est offerte, et je la saisis avec empressement, non pas que j'aie la prétention d'être proclamé vainqueur dans la lutte intellectuelle à laquelle je prends part, mais parce que j'ai la certitude que nul ne se placera, à mon point de vue, pour pénétrer aussi profondément dans les entrailles du sujet mis au concours.

On se méprendrait étrangement si l'on jugeait par cette entrée en matière, que j'obéisse à un sentiment d'orgueil et que je m'attribue une intelligence supérieure ou une perspicacité singulière : rien de plus éloigné de ma pensée.

Bien que ce que j'ai à dire n'ait jamais été écrit que je sache, je n'invoquerai pas un seul argument qui ne soit l'expression de l'opinion commune, une monnaie courante qui a passé par toutes les mains, de sorte que l'idée neuve que j'entreprends de mettre en circulation ne sera construite, en défitive, qu'avec les matériaux les plus vulgaires, et que c'est à l'aide de vérités pour ainsi dire banales, que j'aurai mis en relief une autre vérité qui n'est restée inaperçue jusqu'à ce moment, que parce qu'il ne s'est trouvé personne qui ait écarté le préjugé sous lequel elle était enfouie.

La suite de cette étude me disculpera, d'ailleurs, de tout reproche d'orgueil ou de vanité.

CHAPITRE DEUXIÈME

II

Si je pouvais me persuader qu'en mettant au concours une thèse à soutenir sur les lettres et l'homme de lettres au dix-neuvième siècle, le donateur anonyme a eu seulement en vue d'indiquer aux écrivains un sujet qui prête à des développements didactiques plus ou moins considérables, et de faire établir la prépondérance de la littérature française ; je n'entrerais pas dans la lice et je laisserais à d'autres plus habiles et plus expérimentés le soin de mettre en relief les qualités qui distinguent nos auteurs et de découvrir leurs imperfections.

Je ne me serais pas senti plus disposé non plus à entreprendre un travail de comparaison entre la littérature contemporaine et celle des siècles qui nous ont précédé. Je crois qu'il ne reste rien à écrire sur ce sujet qui ne l'ait été cent fois, et comme il ne s'agit là que de choses de pure appréciation que chacun sent à sa manière, et qui n'exercent sur l'opinion particulière qu'une influence négative, je ne me sens pas le talent nécessaire ponr me livrer à une élucubration dont la pauvreté du fond ne peut être rachetée que par le mérite de la forme.

Nous tous qui répondons à l'appel qui vient de nous être adressé, nous qui nous préparons à gravir le mât de cocagne au sommet duquel est attachée la couronne de la victoire, nous sommes citoyens de la république des lettres : qui dit république dit liberté, et je suis libre, par conséquent, d'envisager la question à ma manière, de m'adresser à la raison au lieu de surprendre le sentiment, d'apporter toute la rigueur d'une démonstration mathématique à la constatation de faits qui frappent les yeux de tous, mais dont le sens n'est pas encore reconnu.

Enfin, pourvu que je reste dans les limites du programme tracé, j'ai le droit de demander à la science économique le *criterium* de certitude qui m'est nécessaire pour faire entrer ma conviction dans les esprits les plus récalcitrants.

Je ne réponds pas que le procédé auquel j'ai recours soit celui qui doive produire le discours le plus éloquent et le plus remarquable morceau de littérature, mais j'affirme que ma dialectique peut exercer la plus heureuse influence sur les idées du public et que, si je suis bien compris, on n'aura plus sous les yeux cet affligeant spectacle d'une classe de gens vouée à la misère et à l'opprobre, par ce fait seul qu'elle s'est jetée dans une carrière qui semble exiger plus de savoir et de talent que toutes les autres.

Autant je déploierai de passion à battre en brèche les paradoxes inventés pour glorifier outre mesure les œuvres de l'intelligence, autant je m'étudierai avec soin à ne jamais donner place à un nom propre dans la discussion, pour ne pas la rendre irritante. Je puis avoir l'ambition de convaincre, je ne me pardonnerais pas de blesser l'amour-propre de qui que ce soit.

n'aura plus sous les yeux cet affligeant spectacle d'une classe de gens vouée à la misère et à l'opprobre, par ce fait seul qu'elle s'est jetée dans une carrière qui semble exiger plus de savoir et de talent que toutes les autres.

Autant je déploierai de passion à battre en brèche les paradoxes inventés pour glorifier outre mesure les œuvres de l'intelligence, autant je m'étudierai avec soin à ne jamais donner place à un nom propre dans la discussion, pour ne pas la rendre irritante. Je puis avoir l'ambition de convaincre, je ne me pardonnerais pas de blesser l'amour-propre de qui que ce soit.

III

CHAPITRE TROISIÈME

III

Quand tout se modifie ou se transforme dans l'humanité, les mœurs et les institutions, on ne doit pas être surpris de reconnaître que la profession des lettres ne ressemble pas à ce qu'elle était autrefois.

Est-ce une décadence, est-ce un progrès que nous avons à constater ? Je n'hésite pas à déclarer, *à priori*, que c'est un progrès, parce que la société va toujours se perfectionnant, malgré les apparences ou les illusions d'optique qui pourraient encourager une opinion contraire, et que la littérature, en tant que profession, ne peut avoir échappé à cette loi primordiale.

Alors que l'instruction était l'apanage d'un très petit nombre de citoyens, quand la raison, tirant son savoir d'elle-même au lieu de le demander à l'expérience, pullulait de préjugés et d'erreurs, la forme dominant sur le fond, la littérature était souveraine, et la qualification de *bel esprit* était une des choses les plus enviées. Rien de plus glorieux alors que le métier d'homme de lettres ; il suffisait quelquefois d'un mince volume pauvrement écrit et dénué d'idées pour vous procurer la célébrité, donner entrée à l'académie, obtenir des pensions des grands seigneurs.

Toutefois, il est à observer que la littérature ne parvenait pas à nourrir le littérateur qui vivait bien plus de subventions et de libéralités que de la vente de ses ouvrages. Aussi, comme les hommes sont très généralement portés à ne faire fond que sur les choses positives, on a pu voir que, malgré les séductions de la renommée et les espérances d'immortalité, aucun des écrivains qui se sont fait un nom dans les lettres, ne se sont engagés dans cette carrière avec l'assentiment de leur famille et de leurs proches. L'admiration profonde qu'on ressent pour les productions de l'esprit est même un des motifs qui font que les pères, au lieu de pousser leurs enfants vers les lettres, s'obstinent à les éloigner de cette profession, persuadés qu'ils sont qu'elle exige une richesse de facultés dont la nature est peu prodigue.

Du jour où les gens de lettres, fatigués de vivre sous le patronage des grands, voulant conquérir leur indépendance, cherchèrent à tirer un profit légitime de leurs œuvres et ne se laissèrent plus exploiter par les libraires, la littérature commença à se transformer et à entrer dans la voie où nous la voyons aujourd'hui, laquelle voie doit aboutir fatalement à la disparition complète de la littérature proprement dite.

Et chose singulière, plus s'accroît le nombre des littérateurs, plus la littérature est dans une période décroissante. Je vais donner tout à l'heure l'explication de ce phénomène, un des plus curieux, sans contredit, qui doive ressortir de ce discours.

CHAPITRE QUATRIÈME

IV

Devenus plus libres dans leurs allures, les gens de lettres n'attendant plus que de leur plume leurs moyens d'existence, durent songer à perfectionner les instruments de publicité et à en créer de nouveaux. C'était là pour eux la consécration de leur liberté conquise.

Le théâtre et le livre ne suffisaient plus ; les revues et les journaux arrivèrent, et avec les journaux, la réputation des écrivains prit un développement incroyable. Celui qui avait fait un roman, élucubré un vaudeville, mis au jour une brochure, trouvait immédiatement des prôneurs dans la portion des gens de lettres spécialement vouée à la critique.

Si le talent ne manque pas en France, la vanité y est développée outre mesure. Nulle part on n'est plus alléché par le désir de faire un peu de bruit, d'appeler l'attention sur soi, aussi ne tarda-t-on pas à voir s'augmenter d'une manière effrayante le nombre des littérateurs.

Ce fut surtout pendant les dernières années de la Restauration, époque des luttes ardentes de la nouvelle littérature contre les admirateurs exclusifs du passé, et sous le règne de Louis-Philippe, que l'on vit surgir une véritable armée d'écrivains. Le simple énoncé des ouvrages qui virent le jour pendant cette période, pièces de théâtre, romans, brochures, journaux, prose et vers, exigerait de formidables in-folios.

Quelques hommes de génie apparurent brillamment ; d'autres, en plus grand nombre, n'ayant que du talent, obtinrent des succès moins contestés et qui se traduisirent par des profits si considérables, que l'on rencontra des gens de lettres menant une existence large comme celle des financiers prodigues. Puis, arrivèrent par milliers les écrivains d'occasion, ceux qui avaient embrassé la profession littéraire parce qu'elle est d'un accès facile, et qu'on espère s'y caser aussi convenablement que tant d'autres qui viennent à bout de vivre de leur plume et de donner à leur nom un certain lustre.

Rien n'est d'un aussi mauvais exemple que le succès éphémère des médiocrités dans le domaine de l'art. Chacun pouvant se juger supérieur à ces médiocrités, se croit en droit d'espérer qu'il n'aura qu'à se présenter pour être apprécié à sa valeur. De là, ces mécomptes cruels qui ont conduit tant de jeunes intelligences à la misère, au désespoir, et les ont fait se perdre dans le vice et la crapule.

Or, quand la littérature cesse d'être un sanctuaire dans lequel ne pénètrent que les initiés sollicités par une vocation tyrannique, pour devenir une sorte de champ communal sur lequel le premier venu peut venir se livrer à ses exercices de style; quand il arrive surtout qu'à part quelques intelligences tout à fait supérieures, la masse des écrivains parvient si promptement à se former aux habitudes de la phrase, au goût du moment, et, qu'on me passe cette expression, aux *ficelles* du métier, qu'il est impossible d'établir une échelle des capacités; quand, en un mot, la littérature s'est vulgarisée à ce point que toute personne à peu près instruite peut y avoir des prétentions fondées, il n'y a plus de littérature.

« Aujourd'hui, le monde a tourné; la rai-
» son subjugue l'imagination; le fond l'em-
» porte en tout sur la forme; la littérature
» est traitée en courtisane. La sévérité de
» la science ne souffre plus cette parure de
» langage, ces finesses de diction et toutes
» ces merveilles de l'art oratoire qui firent
» les délices des Grecs et des Latins, et
» dont on abrutit la jeunesse de nos éco-
» les.

» Et voilà pourquoi la littérature, expul-
» sée par les hautes sciences, déchue de la
» plus belle partie de son domaine, a été
» forcée de descendre aux choses triviales
» et ignobles; pourquoi elle cherche de
» nouvelles ressources dans les détails de
» ménage, dans la cuisine, le boudoir, la
» prison, l'orgie, le bagne, le mauvais
» lieu.

. . . .

» Ainsi, ce que la littérature a la pré-
» tention d'ajouter à la science, la science
» le dédaigne; l'histoire romantique, mys-
» tique et sophistique est aussi méprisée
» que le roman historique, magnétique et
» philanthropique. On ne comprend plus

» rien à l'histoire depuis qu'elle est écrite
» par des rimeurs et des dramaturges ; on
» ne comprend rien à la société depuis que
» les feuilletonistes et les romanciers en
» ont entrepris la description. »

Ces invectives adressées à la littérature par un écrivain de génie, sont évidemment empreintes d'exégération, mais il faudrait être aveugle pour ne pas voir que le coup, bien que frappé trop brutalement, porte juste.

CHAPITRE CINQUIÈME

L'honnête bourgeois qui arrive à grande peine à tirer de son propre fond le nombre de phrases dont il a besoin pour écrire une lettre d'affaires ou de famille, est prodigue d'admiration pour les gens qui manient aisément la plume : faire un livre, même détestable, lui paraît le signe d'une faculté toute exceptionnelle.

C'est à ce préjugé, dont ils sont les premiers à sentir la niaiserie, que les gens de lettres doivent la glorification de leur profession, et c'est ce même préjugé qui les attire dans une carrière qu'ils dédaigneraient sans cela, puisqu'elle est pour la plupart d'entre eux une source de souffrances et de privations atroces.

Au lieu donc de continuer ce système de louanges et d'admiration pour la profession des lettres, et d'encourager les illusions des esprits qui trouvent plus commode de se repaître de chimères que de s'adonner à des travaux plus réels et plus productifs, ce serait rendre grand service à la société que de remettre la littérature à sa vraie place, de démontrer l'équivalence des fonctions et de prouver tout crûment que l'homme qui fabrique une serrure, un meuble, une paire de bottes, est pour le moins aussi utile que celui qui confectionne un roman ou fait représenter un vaudeville.

Combien d'ouvriers n'ont-ils pas démontré, preuves en divers formats, qu'ils sont capables de prendre rang dans la littérature? Les gens de lettres devraient se piquer d'honneur de leur côté et faire voir qu'il sauraient au besoin vivre du travail de leurs mains : avec leur intelligence cultivée, ils arriveraient promptement à exceller dans le travail de l'atelier, et quand ils auraient joui du résultat de ce changement de profession, je doute qu'ils fussent tentés de revenir à leur écritoire pour autre chose que leurs écritures d'ordre et de comptabilité.

Ce que je dis là va paraître une énormité, et cependant il est peu de littérateurs qui, individuellement, ne pensent absolument la même chose. Seulement, chacun récusera pour soi-même une désertion qui lui paraîtrait humiliante, mais chacun aussi avouera que son confrère aurait fort bien fait de choisir une autre occupation.

Oh ! les gens de lettres, je l'assure, savent parfaitement se juger entre eux, et il n'est pas à craindre qu'ils accordent à leurs confrères une valeur exagérée, à moins qu'il ne s'agisse de camaraderie et de courte-échelle.

vent parfaitement se juger entre eux, et il n'est pas à craindre qu'ils accordent à leurs confrères une valeur exagérée, à moins qu'il ne s'agisse de camaraderie et de courte-échelle.

CHAPITRE SIXIÈME

CHAPITRE SIXIÈME

VI

Rigoureusement, il ne devrait y avoir de littérateurs que ceux qui ont reçu de la nature une aptitude spéciale et qui peuvent léguer leurs œuvres à la postérité. Sans doute il serait fâcheux de détourner ces hommes-là de la voie dans laquelle ils ont été poussés en quelque sorte instinctivement, mais on peut être bien tranquille, tout ce qu'on pourrait dire contre le littérateur de pacotille, et même contre ceux qui apportent dans leurs livres un talent relatif et une certaine distinction, n'empêchera point les manifestations du génie.

Or, combien d'hommes éminents pourrait-on compter dans la littérature contemporaine?

« J'imagine, écrivait M. Louis Enault
» dans le *Constitutionnel* du 9 juin 1855,
» qu'il restera peu de chose des poëtes de
» la première moitié de ce siècle. Il en est
» jusqu'à trois que je pourrais nommer,

»peut-être quatre, mais on ne me fera pas
» aller plus loin. »

Quatre poètes seulement! Comparez, je vous prie, ce chiffre si minime et trop considérable encore peut-être, à celui des volumes de vers qui ont été publiés depuis cinquante ans, et vous comprendrez alors combien de temps perdu par les auteurs de ces volumes.

Si des poètes nous passons aux romanciers, nous n'en trouvons pas plus de quatre non plus, qui soient destinés à survivre; et Dieu sait pourtant que les romans se comptent par milliers, et que les éditeurs ont refusé cent fois plus de manuscrits qu'ils n'en ont publiés.

En présence de résultats aussi minces, n'est-il pas absurde de s'obstiner à faire de la classe des littérateurs une classe d'élite à laquelle on décerne des couronnes et sur laquelle on voudrait appeler les encouragements de l'État? Nous examinerons bientôt cette question de l'encouragement donné aux lettres et verrons ce qu'on doit en penser.

Pour le moment, qu'il me suffise de tenir pour démontré que les gens de lettres n'ont absolument aucun motif plausible de se poser en hommes supérieurs, puisque le plus grand nombre des jeunes gens qui ont passé quelques années au collége arriverraient aussi bien qu'eux à produire des œuvres éphémères.

Aussi, en exceptant les rares sommités qui voient dans la littérature une mission sociale à remplir, et ne se laissent détourner par aucune considération du but qu'ils désirent atteindre, vous ne rencontrerez parmi les littérateurs que des individus uniquement préoccupés de faire de leur plume un gagne-pain, s'esseyant à tous les genres, dans l'espoir de mettre quelque jour la main, dans cette grande loterie littéraire, sur un numéro gagnant, c'est-à-dire sur un sujet qui se trouve par hasard adopté par le public et qui procure à l'auteur une vogue momentanée et les profits pécuniaires résultant de cette vogue.

Hélas! combien meurent à la peine avant d'avoir goûté cette faveur! Sans avoir obtenu la plus petite part de cette manne que monopolisent une demi-douzaine de faiseurs insatiables dans leurs appétits, infatigables dans l'art de produire ou de faire produire, et chez lesquels une incontestable habileté de savoir-faire tient lieu de facultés plus hautes!

CHAPITRE SEPTIÈME

VII

Si les gens de lettres n'avaient pas un si grand dédain pour l'économie politique et qu'ils voulussent l'étudier quelque peu, ils s'apercevraient d'abord, avec une surprise peu flatteuse pour leur amour-propre, que les auteurs qui ont traité de cette matière, écrivent incomparablement mieux que les littérateurs de profession, et ils apprendraient cette chose très importante, à savoir que le public, la société, ne peut disposer annuellement, pour ses lectures, que d'une certaine somme qui n'est pas le moins du monde proportionnée au nombre des auteurs, de sorte que si quelques-uns d'entre eux accaparent la plus grande portion de cette somme, il ne reste rien ou presque rien pour les autres.

Supposez un instant qu'il y ait en France 600 gens de lettres tous, au même degré, en possession de la faveur publique et que les sommes réunies consacrées par les particuliers aux plaisirs de la lecture soient, par hypothèse, de deux millions; il faudra diviser par 600 la somme de deux millions, et vous aurez le chiffre de la rémunération qui incombera à chacun des auteurs, un peu plus de 3,000 francs par tête, juste de quoi vivre.

Mais que ce nombre d'auteurs soit doublé, le dividende restera le même, et les moyens d'existence diminueront ainsi de moitié. Cette perspective hypothétique est peu consolante, convenons-en; eh bien, la réalité est cent fois plus horrible encore. Une centaine de littérateurs seulement ont la chance de se faire une clientèle et prennent pour eux le dividende ou presque tout le dividende dont leurs confrères n'ont que les miettes. Ces malheureux déshérités ne songeront pas, dans leur infortune, à se demander s'ils ont été sages de se fourvoyer dans la littérature qui ne les réclamait pas; non, ils se plaindront de l'injustice du sort, ils crieront qu'ils sont incompris, que la société n'a que des rigueurs pour les hommes de génie; ils invoqueront Gilbert et Hégésippe Moreau morts à l'hôpital!

Gilbert, Chatterton, Hégésippe Moreau, Escousse et Lebras, sont devenus une vraie peste dans la littérature, tant ils nous ont valu d'absurdes homélies, tant ils ont inspiré d'orgueil à des littérateurs interlopes, tant ils ont fait naître de fausses compassions.

Ces bons bourgeois dont les littérateurs se moquent si spirituellement, ces bourgeois dont les femmes et les filles sont les clients fidèles du romancier et du poète; ces bourgeois, dont je signalais tout à l'heure la naïve admiration pour les ciseleurs de phrases, ont cependant un bon sens qui ne leur fait pas prendre le change sur l'utilité sociale des in-octavos. Ils admireront sur parole le mérite des auteurs, mais ils élèveront leurs fils dans la crainte salutaire de la profession des lettres et les en détourneront de toutes leurs forces. La grande habitude qu'ils ont de ramener toutes choses au *doit* et à l'*avoir* du grand-livre, leur a fait comprendre le petit calcul que je faisais plus haut, et ils voient très bien que sur vingt jeunes gens qui se lancent dans les lettres, dix-huit sont destinés fatalement à végéter dans l'indigence.

Mais que peuvent les remontrances paternelles contre des bacheliers qui regardent leurs pères comme des êtres dénués de toute poésie, et les méprisent *in petto*; contre des esprits qui se croient prédestinés à la gloire parce qu'il leur répugne de se livrer à des travaux utiles, qu'ils ont remporté au collége le prix de discours français, qu'ils savent monter un alexandrin sur ses douze pieds et ont appris à connaître le cœur humain en fréquentant les bals publics et les lorettes?

Et puis n'entendent-ils pas vanter chaque jour le talent transcendant du romancier dont le nom s'étale en gros caractères à la vitrine du cabinet de lecture; ne savent-ils pas que le littérateur qui vend ses livres est prédestiné à toutes sortes de succès: qu'il est recherché dans le monde, regardé avec une ardente curiosité quand il passe dans la rue, adoré des actrices, écouté comme un oracle dans un salon? Comment résister à tant de fascinations? Au lieu de gémir en voyant grossir de jour en jour le nombre des gens de lettres, il faut encore être surpris qu'il se rencontre encore des jeunes gens qui se résignent à entrer dans le barreau, dans la médecine, dans l'industrie, dans le commerce, dans les ateliers, toutes choses qui exigent un sérieux noviciat, quand ils pourraient se classer de prime-saut dans les lettres où le coup d'essai peut vous mettre d'emblée au rang des maîtres, où l'on acquiert la célébrité et le droit incontesté de regarder avec dédain, en dessous de soi, les gens qui font bêtement leur fortune en contribuant à la richesse de la nation.

CHAPITRE HUITIÈME

VIII

Quand il n'y avait que fort peu de gens de lettres et un petit nombre de lecteurs, la vente des livres ne procurait pas aux auteurs une rémunération suffisante pour vivre honorablement ; ils étaient alors à la solde des grands seigneurs et de quelques hauts financiers. Plus tard, ils se dégagèrent de cette servitude et vécurent de leurs propres ressources; mais cette période fut de courte durée, tant il est vrai que les lettres, en tant que profession, constituent pour le littérateur une situation anormale que la société ne reconnaît pas. Aujourd'hui, les lecteurs ne manquent pas, mais comme il se trouve presque autant d'auteurs, il en résulte une telle insuffisance de rémunération que les littérateurs actuels n'ayant plus le patronage de la cour et de la finance, recherchent le patronage du gouvernement et appellent de tous leurs vœux un budget spécial pour les lettres.

On a tant de fois accusé le gouvernement d'indifférence à l'endroit des lettres, que nous entreprendrons de le défendre contre d'injustes attaques. Le gouvernement, quel que soit le régime qu'il représente, aime à être flatté, et certes il n'a jamais manqué de plumes complaisantes et dévouées. Il y aurait donc plus que de l'ingratitude de la part du gouvernement à ne pas accorder ses faveurs à des écrivains toujours si bien disposés à le soutenir envers et contre tous, aussi devons-nous lui rendre la justice de dire qu'il acquitte libéralement la dette de la reconnaissance.

Voyez les consulats, les missions, les administrations centrales, les chaires des facultés, les commissariats impériaux, les privilégos de théâtre, tout cela foisonne de gens de lettres, mille fois heureux d'avoir échappé à la dure nécessité de vivre exclusivement de leur plume, et si peu littérateurs au fond, qu'une fois casés convenablement dans les emplois publics, ils n'utilisent pas même leurs loisirs à élucubrer quelques œuvres d'esprit pour conserver leur réputation. On en rencontre qui consentent à donner aux lettres un dernier souvenir en se laissant porter au fauteuil académique, puis, après ce suprême effort, ils restent à tout jamais dans le calme le plus profond, et ils croiraient déroger s'ils reprenaient la plume à laquelle ils ont dû leur position.

Par malheur, le gouvernement, quoi qu'il fasse, ne peut pas donner des fonctions à tous les gens de lettres : il se fait même d'autant plus de gens de lettres que le gouvernement se montre plus dispensateur à l'égard de cette classe, si bien qu'il reste toujours une foule compacte de littérateurs dont l'avidité est stimulée par le besoin.

La misère des gens de lettres nécessiteux est de celles que la langue ne saurait exprimer et dont il n'est pas possible de se faire une idée exacte. L'ouvrier a des chômages pendant lesquels son existence est compromise, mais il a des compagnons qui lui viennent en aide, et le chômage cessant, il reprend ses durs labeurs et touche son salaire. Et puis, les besoins de l'ouvrier sont bornés, ses goûts simples, son vêtement est d'un entretien peu dispendieux; par son éducation, par ses habitudes, par ses fréquentations, il est façonné de longue main aux privations et il les endure, non pas avec le stoïcisme du philosophe, mais avec l'insouciante gaîté d'un homme vivant au jour le jour, et pour lequel on a créé les bureaux de bienfaisance et les hôpitaux.

Autre chose est la misère de l'homme de lettres.

L'homme de lettres appartient généralement à une famille bourgeoise, peu fortunée, qui a fait des sacrifices pour l'envoyer passer quelques années au collége ; ses goûts épurés par l'éducation lui communiquent des besoins coûteux et tyranniques, et quand il passe, par une transition presque toujours brusque, d'une vie de famille aisée à un dénuement presque absolu, si la nature ne l'a doué d'une persistance héroïque, indice d'une faculté éminente dont il a conscience, il devra s'empresser de rentrer sous le toit paternel et de renoncer à une carrière dans laquelle il débute sous ces tristes auspices.

Peu de jeunes gens ont assez de bon sens pour en agir de la sorte. Presque tous ayant été conseillés par un fol orgueil, s'obstinent par orgueil à lutter contre la mauvaise fortune. Rien ne saurait les empêcher de vouloir conquérir, par la littérature, les jouissances dont ils sont affamés.

Ils vendront leurs livres, leur linge et jusqu'à leurs vêtements, pour se procurer du pain, mais ils n'avoueront pas leur misère à un compatriote qui pourrait venir momentanément à leur secours. Ils se vanteront, au contraire, d'avoir vendu le manuscrit d'un roman qu'ils achèvent, d'avoir des pièces reçues au théâtre et feront étalage de leurs espérances de succès. Mais ils constateraient leur impuissance en faisant connaître qu'ils ne vivent que d'expédients; ils ne peuvent renoncer ainsi volontairement au prestige qu'ils s'imaginent exercer sur les admirateurs des lettres.

Ils se retirent alors momentanément du milieu où ils ont vécu, vont se gîter dans quelque affreuse mansarde, choisissant de préférence les quartiers ou les maisons dans lesquels la misère est endémique, et où, avec leurs chaussures éculées, leurs vêtements troués, ils conservent encore une apparence de misère respectable.

La vie matérielle est alors pour eux un problème dont la solution leur serait impossible ; s'ils ne meurent pas de faim, c'est que quelque ménage pauvre, quelque portière charitable, viennent délicatement à leur secours, car on ne se fait pas une juste idée du dévouement que les malheureux peuvent inspirer à des gens presque aussi malheureux que ceux qu'ils soulagent.

CHAPITRE NEUVIÈME

IX

Ceux des gens de lettres qui arrivent à ce degré de pauvreté n'ayant produit que des choses inédites, et ne jouissant pas de la plus petite notoriété en dehors du cercle restreint de leurs connaissances personnelles, ne comptent pas dans la statistique officielle, bien qu'ils forment une classe très nombreuse. Je n'en parle que pour mémoire et comme argument en faveur de la thèse que je soutiens.

Un peu au-dessus de ces déshérités de la littérature, se placent les gens de lettres qui sont parvenus à force d'insistance, à placer quelques articles dans les journaux grands ou petits, à faire imprimer un roman, à faire jouer quelque vaudeville. C'est le gros bataillon de la littérature. Ceux-là gagnent bon an, mal an, quelques centaines de francs, et pallient l'insuffisance de leurs ressources par des dettes obligées. Il n'existe, pour ces nécessiteux, ni bureau de bienfaisance, ni secours à domicile, et pourtant il y a là une situation douloureuse contre laquelle s'élèvent d'incessantes réclamations.

Est-il juste, demande-t-on, que les ouvriers de l'intelligence végètent dans la pauvreté, tandis que de simples ouvriers manuels parviennent à élever honorablement leurs familles ?

A cette question, la société s'alarme; ses hommes de génie, l'élite de ses intelligences, vont mourir à l'hôpital; c'est une honte pour la civilisation. Vite des subventions pour les gens de lettres, un budget pour la littérature.

Le gouvernement, plein de bonne volonté, d'ailleurs, ne peut résister aux mille sollicitations particulières, aux prédications de la presse, et le voilà disposant d'un fond pour secours aux gens de lettres et encouragement à la littérature.

Ce fond n'est pas considérable, j'en conviens, mais si petit qu'il soit, le gouvernement se trouve on ne peut plus embarassé dès qu'il s'agit d'en faire l'emploi.

Secourir les gens de lettres, encourager la littérature, voilà qui paraît magnifique en théorie et qui prête à d'émouvantes dissertations ; mais c'est tout autre chose dans la pratique, et l'on ne tarde pas à s'apercevoir qu'on s'agite dans une impasse, que l'on tente l'impossible.

Et d'abord, venir au secours des gens de lettres, c'est tout simplement leur faire l'aumône, et l'on se demande à quel titre les gens de lettres seraient secourus plutôt que tous les autres indigents.

Ce sont des hommes instruits, dit-on, et il est pénible de les voir en butte aux privations. C'est fort bien, mais qu'importe à la société cette classe de gens instruits à qui l'instruction ne sert à rien, qui ne produisent rien, ou dont les productions ne sont connues de personne? Quoi, vous me contraignez, moi, contribuable, moi qui trouve sans peine à satisfaire mes appétits littéraires, à faire l'aumône à des littérateurs inconnus et des œuvres desquels je n'ai nul souci?

Ne voyez-vous pas qu'avec ces faveurs injustifiables vous allez encore grossir la multitude des gens de lettres! Vous reconnaissez qu'il y a trop, beaucoup trop d'écrivains, et vous faites tout ce qu'il faut pour en accroître le nombre.

Du reste, secourus ou non, les gens de lettres restent indigents, et le morceau de pain que vous leur tendez de temps à autre, ne sert qu'à entretenir leur vanité, et à leur faire croire qu'ils sont intellectuellement supérieurs aux autres hommes.

CHAPITRE DIXIÈME

X

« Je me sens bien malheureux, presque
» honteux, du peu de bien que les pouvoirs
» publics peuvent faire à la littérature dans
» un pays tel que la France. »

Telles sont les paroles que M. Louis Lurine,

dans son rapport sur les opérations de la Société des gens de lettres pour l'année 1854-55, attribue à M. de Salvandy, ancien ministre de l'instruction publique, homme resté fidèle à la littérature et qui a cherché, plus que personne, à lui venir en aide.

X.

Le regret exprimé par M. de Salvandy fait assurément le glus grand honneur à ses excellentes intentions, mais que l'honorable académicien se console : cette impuissance des pouvoirs publics à protéger les lettres ne tient pas aux hommes, mais aux choses elles-mêmes, et cela est si vrai, que les gouvernements soulèvent de violentes récriminations toutes les fois qu'ils donnent des encouragements à la littérature.

Ce qu'on appelle encouragement à la littérature est encore une sorte d'aumône déguisée, mais une aumône ayant cela de particulier qu'elle va trouver les gens qui pourraient parfaitement s'en passer.

Quand les journaux publièrent, en 1848, la liste des personnes auxquelles des indemnité sannuelles étaient accordées à titre d'encouragement à la littérature, et que le public put pénétrer dans ces coulisses non moins curieuses à étudier que celles des théâtres, tout le monde parut surpris de trouver sur cette liste :

1° Les noms d'un assez grand nombre d'écrivains fort estimables et fort estimés ;

2° Les noms de gens de lettres des deux sexes, ou tout à fait ignorés, ou dont les productions n'indiquaient aucune sorte de talent.

Pour les premiers, le bon public disait : Pourquoi va-t-on s'aviser de donner des subventions à des auteurs qui vendent fort bien leurs ouvrages et gagnent de quoi vivre dans l'aisance?

Pour les seconds, il chantait cette autre gamme : Conçoit-on qu'on encourage dans le métier littéraire des gens dénués de mérite et dont nul ne veut acheter les livres?

Pour les uns et pour les autres, le public avait cent fois raison : Mais le public entend qu'on subventionne la littérature, et je vous demande comment pourrait s'y prendre le ministre pour agir autrement? Il pourrait substituer d'autres noms à ceux dont l'apparition cause une si étrange surprise, admettre tels et tels plutôt que tels et tels à la faveur de l'indemnité, mais la même anomalie se présentera fatalement. Les encouragements à la littérature seront toujours un non sens.

L'État n'a pas plus mission de secourir ni d'encourager les gens de lettres, que de favoriser les professions et les corps d'état agissant en vertu de leur propre initiative. En dehors des fonctionnaires publics qui sont à sa solde, obéissent à ses inspirations, et dont il est à même d'apprécier et de récompenser les services, il n'est aucune classe dans la société à qui le gouvernement doive autre chose que cette protection intelligente qui consiste à faire respecter le libre développement de toutes les forces productives. C'est là son vrai rôle et il est assez beau et assez difficile pour qu'on ne cherche pas à l'en détourner pour le charger d'un patronage impossible en des matières qui lui sont absolument étrangères.

Que le gouvernement accumule toutes les faveurs imaginables sur un littérateur médiocre, et il n'ajoutera pas une parcelle à la valeur de cet écrivain; la simple constatation de ce fait ne suffit-elle pas à démontrer la nécessité de son abstention.

Quand donc les hommes apprendront-ils à s'estimer assez pour ne compter que sur eux-mêmes, et laisseront-ils le gouvernement se mouvoir dans les régions qui lui sont propres?

tatation de ce fait ne suffit-elle pas à démontrer la nécessité de son abstention?

Quand donc les hommes apprendront-ils à s'estimer assez pour ne compter que sur eux-mêmes, et laisseront-ils le gouvernement se mouvoir dans les régions qui lui sont propres?

CHAPITRE ONZIÈME

CHAPITRE ONZIÈME

XI

En dépit de leur grand désir d'être protégés et subventionnés, c'est-à-dire de se subordonner au bon plaisir de l'État, les gens de lettres sont virtuellement en possession de leur liberté, et, par conséquent, la responsabilité de leur existence pèse sur eux seuls. Ceux d'entre eux qui seraient tentés de se plaindre de cette situation, et beaucoup s'en plaignent, ne prennent conseil que des souffrances et des mécomptes contre lesquels ils se heurtent à chaque pas, mais ils méconnaissent complétement les règles de la justice et les conditions de la liberté.

Les gens de lettres doivent donc en prendre leur parti : l'État ne leur doit ni secours ni encouragements ; ces faveurs, d'ailleurs inefficaces, et qui sont pour le gouvernement une cause d'embarras sans compensation, ne peuvent que prolonger, en l'empirant une situation intolérable et qui doit cesser par la disparition ou, si on l'aime mieux, par la transformation de la profession des lettres.

Beaucoup de lecteurs et trop de littérateurs, constitue un état de choses absolument semblable à celui que je signalais en disant qu'un très petit nombre de lecteurs ne procurait pas rémunération suffisante pour les écrivains même en petit nombre. Aujourd'hui donc, ceci ne peut être contesté, la littérature ne nourrit pas son homme. Les exceptions à cette règle deviennent de plus en plus rares, et encore est-il à remarquer que les auteurs qui gagnent le plus d'argent ne sont pas ceux qui montrent le plus de talent, mais qui savent plus habilement circonvenir les directeurs de journaux et les directeurs de théâtres.

Il y a quelques années, on comptait plus de vingt éditeurs de romans faisant bien leurs affaires, tirant les ouvrages et les écoulant à douze et quinze cents exemplaires pour les cabinets de lecture; en ce moment, deux éditeurs seulement ont survécu, ils ne publient que fort peu de livres achetés à bas prix et ils s'estiment fort heureux quand ils épuisent un tirage de quatre à cinq cents exemplaires.

L'indifférence du public à l'endroit des publications faites pour les cabinets de lecture tient à plusieurs causes : d'abord, chaque journal quotidien publie un feuilleton-roman qui dispense du louage des livres, ensuite les éditions à bon marché se sont tellement multipliées qu'on a profit à acheter les livres plutôt qu'à les prendre en location; enfin, et cette raison est surtout péremptoire, la masse du public en est arrivée à préférer les lectures sérieuses, utiles, à ces passe-temps frivoles que procurent les romans sans portée, comme ils se fabriquent de nos jours, à peu d'exceptions près.

Quelques personnes, passionnées quand même pour cette littérature, se flattent que de meilleurs jours reviendront; que le public ne pourra pas s'en passer et que les gens de lettres traversent une crise destinée à cesser : erreur ! Sans doute, il y aura toujours une littérature, et les éléments ne manquent pas en France pour que cette littérature soit remarquable ; mais la profession littéraire est un cadavre qui ne ressuscitera pas. »

CHAPITRE DOUZIÈME

XII

Peut-il donc y avoir une littérature sans littérateurs? Cette question peut sembler absurde au premier abord, mais un court examen suffira pour faire comprendre que le salut des gens de lettres est précisément dans la solution de ce problème, solution très facile comme on va voir.

L'inflexibilité des lois économiques, d'une part, et, d'autre part, le fait même de la triste position des littérateurs, témoignent de l'insuffisance des ressources que procure le métier des lettres à ceux qui s'y consacrent. Et comme cette position est logique, il n'y a pas à songer à la modifier.

Ceci posé, ce que les gens de lettres ont de mieux à faire, c'est, sinon de renoncer à la littérature, du moins de renoncer à la profession. Qu'ils demandent donc à d'autres emplois le pain de chaque jour; puis, qu'ils utilisent après, s'ils le veulent, leurs loisirs en cultivant les lettres, et il leur restera toujours assez de temps pour enfanter des chefs-d'œuvres, si leur aptitude spéciale les destine à ces gestations glorieuses.

En tout cas, le produit de leur plume, si produit il y a, venant s'ajouter à la rémunération de leurs autres travaux, augmenterait leur bien-être, et si leurs œuvres littéraires manquaient de cette animation fébrile que donne la lutte, elles seraient, en revanche, mieux méditées et généralement mieux réussies dans toutes leurs parties.

Rien n'empêcherait, d'ailleurs, ceux qui seraient parvenus à se faire définitivement adopter par le public comme écrivains, d'abandonner leurs autres travaux pour s'occuper définitivement des lettres.

Ce que je propose là n'est pas chose nouvelle : nombre d'employés des ministères, chemins de fer, administrations publiques ou particulières, se sont fait un nom dans les lettres et cumulent les bénéfices de la littérature et les émoluments de leurs emplois. Il ne s'agit donc que d'universaliser ce qui est aujourd'hui exceptionnel.

Eh mon Dieu, les gens de lettres ne demanderaient pas mieux que de se mettre à un tel régime, et il en est peu d'entre eux assurément qui n'aient cherché à obtenir quelque place ; je ne fais donc, sur ce point, que prêcher des convertis.

Seulement, on ne peut pas donner des emplois dans les administrations à tous les gens de lettres ; il y a plus, on croit peu à leur aptitude pour des travaux qui exigent de la suite et de l'esprit d'ordre, et l'on se défie à cause de cela, non de leur capacité, mais de leur bonne volonté. On craint, non sans quelque raison, qu'ils ne considèrent la besogne de leur bureau comme un pis-aller et qu'ils n'en prennent trop à leur aise, tout en ayant des prétentions exorbitantes à un rapide avancement. En effet, le moins que puisse faire un garçon qui courtise les Muses, est de se croire infiniment supérieur aux pauvres diables qui font tout bonnement leur devoir en conscience.

Il est clair, d'après cela, que si je n'avais pas à proposer outre chose aux gens de lettres, je ne leur rendrais pas grand service en leur conseillant de se mettre en quête d'emplois qui offrent peu de vacances et dans lesquels on est généralement fort peu disposé à les admettre. Toutefois, que ceux d'entre eux qui auraient par hasard l'occasion de se caser de cette manière ne la laissent pas échapper, et surtout qu'ils se fassent remarquer par leur zèle et leur assiduité : pour avoir un peu moins d'orgueil, ils ne perdront rien de leur talent littéraire, s'ils en sont doués, et ils se trouveront pour toujours à l'abri des misères dont ils ont sous les yeux de si douloureux exemples.

littéraire, s'ils en sont doués, et ils se trouveront pour toujours à l'abri des misères dont ils ont sous les yeux de si douloureux exemples.

CHAPITRE TREIZIÈME

XIII

Du moment qu'un jeune homme a terminé ses études universitaires et qu'il est pourvu d'un diplôme de bachelier, sa famille ne voit pas qu'il puisse être autre chose que médecin, avocat, avoué, notaire, huissier, officier dans l'armée, employé du gouvernement, fonctionnaire public : il lui faut absolument ce qu'on est convenu d'appeler une profession libérale. Embrasser le commerce, c'est presque déroger ; pour l'industrie, à moins d'être ancien élève de l'École polytechnique et de l'École centrale des arts et manufactures et d'y entrer avec une position supérieure, on l'abandonne aux gens qui ont laborieusement étudié quelques branches des mathématiques ou de la mécanique, qui savent un peu de dessin linéaire, mais qui n'ont pas la moindre teinture des lettres. Je ne parle pas des professions manuelles exclusivement reservées aux ignorants : elles seront l'objet d'un paragraphe particulier.

Outre que la plupart des professions libérales ne sont accessibles qu'à ceux qui peuvent disposer d'un certain capital, soit pour suivre les cours des facultés, soit pour acquérir une charge, il est devenu de mode, en littérature, de ridiculiser ces professions, si bien que le jeune bachelier qui s'est laissé influencer par ses lectures, qui redoute par-dessus tout de paraître ridicule, et qui se sent en appétit de célébrité, ne voit pas autre chose à faire que de s'installer homme de lettres.

Faire insérer un ou deux feuilletons dans le journal de la localité, ou bien arriver à

Paris sous prétexte d'y suivre des cours, tenter l'abordage d'un petit journal, ou encore demander lecture d'un vaudeville au théâtre des Délassements-Comiques, il n'en faut pas plus pour passer du coup homme de lettres. Malheureusement, il n'est pas impossible que des tentatives de cette sorte soient couronnées de succès, et cela suffit pour faire naître des velléités littéraires qui n'eussent jamais fait éclosion sans ces jeux de fortune et de hasard.

Qu'on s'étonne après cela de voir pulluler la caste des gens de lettres ! N'étaient les lois arithmétiques déduites dans un chapitre précédent, en vertu desquelles le trop plein de chaque profession est condamné sans miséricorde à l'inaction, je crois que toutes les professions libérales abdiqueraient pour se fusionner dans la profession des lettres, tant l'opinion publique, travaillée par les gens de lettres eux-mêmes, accorde une prépondérance marquée aux productions de la littérature.

Comme il est écrit que les infractions aux lois immuables du sens commun ne sont jamais impunies, les littérateurs portent la peine de leur orgueil, et pour un qui arrive à une notoriété qui n'est pas toujours de bon aloi, il en est cent qui meurent dans les angoisses et dans l'obscurité.

J'aurais le droit de demander qu'on justifie ou qu'on explique la prépondérance de la littérature, au point de vue de la célébrité qu'elle attire à ses disciples ; j'aime mieux prendre la question de plus haut, afin qu'on ne m'accuse pas d'être le détracteur de ce qui est considéré comme un des plus beaux titres de gloire de la France qui a imposé à l'univers entiers ses écrivains et ses poëtes.

CHAPITRE QUATORZIEME

XIV

Je crois pouvoir poser ceci comme un axiôme :

Au point de vue de la société, toutes les fonctions utiles sont équivalentes.

On a écrit mille fois que ce serait folie de

chercher à appliquer des règles mathématiques aux choses de l'ordre social : je crois que cela dépend tout à fait de la manière dont on s'y prendrait pour faire cette application, et que la vérité absolue existe dans le domaine moral aussi bien que dans les sciences dites exactes.

Si vous entendiez, à une représentation de *Guillaume Tell* ou de *Robert-le-Diable*, un bourgeois qui, tout en s'extasiant sur les beautés de ces chefs-d'œuvre, dirait à son voisin qu'une machine à vapeur lui paraît une découverte plus merveilleuse que la création d'une partition, vous penseriez que ce bourgeois est un imbécille de faire un rapprochement aussi grotesque, parce qu'il est impossible de démontrer qu'il faut plus de génie pour écrire un opéra que pour inventer une machine.

De cette impossibilité d'établir la supériorité de l'un sur l'autre, je conclus qu'un mécanicien vaut un compositeur.

Si je disais pareillement un grand peintre vaut un grand musicien, un grand poète vaut un grand capitaine, un prosateur de génie vaut un statuaire éminent, je ne soulèverais aucune objection ; mais si, d'équation en équation, après être parti des sommités intellectuelles, je descendais jusque dans ce que l'on est convenu d'appeler les infimes régions de la société, en retrouvant toujours des équivalences démontrées par une dialectique irréfragable, je soulèverais des tempêtes, et l'on crierait à la profanation, à l'abomination.

Quoi! oser comparer un mécanicien, un artisan, un travailleur manuel à des hommes de génie tels que Rossini, Meyerbeer, Hugo, Delacroix!

Pardon, messieurs, je ne compare pas: s'il s'agit d'aller à l'Opéra, vive Meyerbeer et Rossini! Mais si je dois me rendre à Lyon dans un délai de quelques heures, vive la vapeur et les chemins de fer!

Je le répète, toutes les fonctions créées pour les besoins intellectuels et matériels de l'humanité sont équivalentes: la raison nous l'enseigne, et le nier serait une impiété ; car Dieu n'a pas voulu que la diversité nécessaire dans les vocations, dans les aptitudes, fut pour les uns une cause de déchéance, et pour les autres un prétexte d'oppression ni même de préséance.

Il y a, observe-t-on, des milliers de bons agriculteurs, de bons ouvriers en tous genres contre un bon poète, un bon sculpteur, un grand politique. Oui, sans doute ; mais un grand artiste suffit à de nombreuses générations, et c'est précisément pour cela que Dieu n'en envoie pas sur la terre plus qu'il n'en faut. Où en serions-nous si nous naissions tous avec ces facultés spéciales que l'on appelle du génie ?

S'il est vrai que les diverses professions

utiles soient équivalentes, comment se fait-il que l'estime publique soit accordée aux unes et refusée aux autres? Comment expliquer cette contradiction entre le principe authentique de l'équivalence des talents, et les distinctions, la hiérarchie universellement reconnues et établies?

Les sociétés n'arrivent pas de plein saut à leur entier développement : ce n'est qu'à l'aide d'un travail opiniâtre, en accumulant un capital d'idées, en mettant à profit l'expérience des devanciers, que de tâtonnements en tâtonnements elles rectifient leurs erreurs, élargissent les voies du progrès et acquièrent la conscience des grandes vérités morales.

Il faudrait être aveugle pour ne pas voir que les positions tendent à se niveler. Que l'on considère ce qu'étaient, il y a un siècle seulement, les avocats, les notaires, les médecins, les marchands, les industriels, et ce qu'ils sont aujourd'hui, et l'on reconnaîtra la tendance que je signale.

Si quelques professions sont encore reléguées au dernier rang de la hiérarchie sociale, ce n'est pas qu'on ait du mépris pour ces professions elles-mêmes, mais parce qu'elles sont remplies communément par des gens sans éducation, grossiers, sans moralité, de sorte que le dégoût inspiré par ces hommes s'est étendu jusqu'à leur profession.

Une opinion, qui a été longtemps en crédit et qui existe encore malheureusement chez un trop grand nombre d'individus, c'est que l'homme voué au travail manuel n'a aucunement besoin de cultiver son intelligence. Le christianisme, qui nous enseigne que le Fils de Dieu ne fut, en tant qu'homme, qu'un pauvre artisan vivant de son salaire, et qui a voulu par là sanctifier le travail des mains, n'est pas parvenu à relever complètement la classe ouvrière de sa dégradation, si bien que le travail manuel, qui contribue le plus puissamment et le plus directement à la richesse publique, est encore le lot des pauvres et des ignorants, et que l'on a perpétué des travaux répugnants qui, depuis longtemps déjà, seraient accomplis par des machines industrielles au lieu de l'être par des machines humaines, si ceux qui y sont condamnés avaient reçu tout le développement que comporte leur intelligence.

Il n'est pas besoin d'une longue dissertation pour prouver qu'un ouvrier, quand il a l'esprit cultivé, devient infiniment plus habile dans sa profession, et que les connaissances scientifiques et littéraires seraient pour le moins aussi utiles à un laboureur, à un serrurier, à un ébéniste, qu'à une foule d'employés et de fonctionnaires destinés à passer trente ou quarante années de leur vie à rédiger ou transcrire des correspondances administratives invariables par la forme et par le fond.

CHAPITRE QUINZIÈME

XV

A Dieu ne plaise que je veuille ravaler les œuvres de l'intelligence et que je méconnaisse le prix que l'on doit y attacher ; mais n'oublions pas que la littérature est objet de luxe, et qu'avant de se donner les douceurs de ce luxe, faudrait-il au moins s'assurer le nécessaire. Or, c'est à contre sens de cette donnée d'une simplicité proverbiale que s'est opérée l'évolution civilisatrice qui a poussé dans les lettres tant d'intelligences égarées par des images trompeuses.

En présence d'une telle anomalie, demander que l'Etat encourage ce qui est développé outre mesure, réserver exclusivement son estime et son admiration pour des carrières qui regorgent de capacités stériles et qui s'entre-dévorent à côté d'un champ vaste, encore en friche, où toutes les intelligences, toutes les facultés pourraient trouver emploi sans se nuire, et en se prêtant mutuellement appui, c'est vouloir violenter les principes les plus rudimentaires du sens commun, c'est donner un démenti à la Providence, seule dispensatrice du génie et des spécialités.

Ayons un peu moins d'engouement pour les professions parasites et un peu plus d'estime pour le travail productif, et nous ne tarderons pas à voir s'accomplir une de ces révolutions pacifiques qui n'arrachent à personne ni larmes, ni regrets, et qui se dénouent par une augmentation notable de bien-être et de sécurité.

L'Exposition universelle de l'industrie consacre, d'ailleurs, l'opportunité des doctrines que je puise dans la conscience du genre humain. Quand des visiteurs innombrables viennent de toutes les parties du monde payer leur tribut d'admiration à toutes ces merveilles réunies, croyez-vous qu'ils ne soient pas aussi enthousiasmés à la vue de ces produits du travail manuel, qu'ils le seraient à la lecture d'un roman ou à la représentation d'un vaudeville? Sans doute, la presse ne retentira pas des noms des fabricants de ces objets divers qui, depuis les plus humbles jusqu'à ceux qui atteignent les limites de l'art, se recommandent à nos méditations : la célébrité ne peut s'attacher à chacun de ces individus en particulier ; mais il y a là une célébrité collective devant laquelle celle des gens de lettres les mieux appréciés est bien pâle et bien effacée.

tive devant laquelle celle des gens de lettres les mieux appréciés est bien pâle et bien effacée.

CHAPITRE SEIZIÈME

XVI

Aux écrivains pour lesquels la littérature est une marâtre qui les laisse languir dans les privations et qui sont à la piste de places introuvables, je ne dirai pas : « Allez dans l'atelier, apprenez une profession manuelle dans laquelle vous excellerez et qui finira par vous donner des loisirs que vous consacrerez aux lettres. » Il faut être jeune pour se mettre à l'apprentissage qu'exige l'atelier, il faut surtout que l'éducation ait été dirigée de telle sorte qu'un garçon instruit ne croie pas se dégrader en participant à des travaux utiles, source de toute richesse, élément puissant de moralisation. Toutefois, j'ai la conviction profonde que si quelques-uns des aspirants de la littérature encore dans la sève de la jeunesse, suivaient le conseil que je leur donne, non-seulement ils assureraient leur bien-être, mais encore ils puiseraient dans ce nouveau genre de vie une élévation d'idées et une perspicacité d'esprit qui donneraient à leurs œuvres littéraires, s'ils en voulaient produire, un cachet d'originalité et une portée qu'elles n'auront point dans les circonstances actuelles.

perspicacité d'esprit qui donneraient à leurs œuvres littéraires, s'ils en voulaient produire, un cachet d'originalité et une portée qu'elles n'auront point dans les circonstances actuelles.

CHAPITRE DIX-SEPTIÈME.

XVII

En résumé, quelle que haute que soit l'opinion que les gens de lettres aient de leur mérite et l'admiration qu'ils parviennent à inspirer à une masse d'individus, la société, l'être collectif, obéissant à ses lois économiques, refuse de les admettre à une part suffisante dans la répartition des richesses qu'ils ne contribuent pas à créer.

Pour vivre, les littérateurs doivent donc songer à conquérir par un travail productif les moyens d'existence que la littérature ne leur accorde pas, et se répandre dans toutes les carrières.

Les prédications philosophiques et économiques ne parviendraient pas seules à amener ce résultat; mais la propagation de l'instruction, venant s'ajouter aux conseils de la raison, forcera tous les jeunes gens indistinctement, sous peine de jeûne et d'abstinence forcée, à embrasser les professions qu'ils ont dédaignées jusqu'à ce moment. Cet immense débouché, non susceptible d'encombrement comme les professions parasites, sera profitable aux écrivains particulièrement dont le nombre diminuera de tous ceux qui se vouent à la profession littéraire à cause de l'extrême difficulté d'en trouver d'autres, c'est-à-dire que dans ce nouvel état de choses, leur nombre, comparé à celui de nos jours, sera comme un est à cinquante, ce qui n'empêchera point encore la plupart des gens de lettres de vocation de ne s'adonner à la littérature que dans les moments où ils voudront se reposer de leurs occupations ordinaires.

Que sera la littérature dans ces conditions ? A l'avenir seul il appartient de répondre à cette question ; elle se transformera sans doute pour s'adapter aux idées et aux institutions nouvelles, et sera d'autant plus remarquable qu'elle n'aura pour interprètes que des spécialités bien tranchées.

CHAPITRE DIX-HUITIÈME.

XVIII

J'ai vu les souffrances des gens de lettres mes contemporains, et j'ai écrit ce discours.

L'avenir de la littérature et des gens de lettres sera tel que je viens de le dire, aussi sûrement qu'un effet prévu découle d'une cause donnée.

Ce qui, dans ces pages, pourrait sembler une dépréciation calculée de la littérature et des gens de lettres, est un jugement consciencieux et libre, prononcé au point de vue de la société prise collectivement; mais si j'avais à faire une profession de foi individuelle, je ne dissimulerais pas ma prédilection pour les lettres, l'estime que je fais des littérateurs qui ont su rester honorables au milieu des douloureuses épreuves qu'ils traversent, et mon profond regret de ce que mon talent d'écrivain n'est pas assez grand pour vulgariser les doctrines que je viens d'émettre.

Nous autres, gens de lettres du dix-neuvième siècle, nous avons semé dans l'affliction et les larmes ; nos fils récolteront dans l'allégresse.

LES DEUX MARQUISES

Épisode du temps de la Terreur.

LES DEUX MARQUISES

Épisode du temps de la Terreur.

Telle était l'influence exercée par Angélique sur les oiseaux, que ceux même de l'espèce la plus farouche, non-seulement s'apprivoisaient pour elle, mais vivaient encore familièrement avec les oiseaux de la plus petite taille et qu'ils ont l'habitude de pourchasser et détruire.

Il est vrai qu'il ne s'agit ici que d'un monde d'oiseaux tout à fait à part, de volatiles lettrés et dont les mœurs étaient bien adoucies par la cultnre des arts, élément essentiellement civilisateur.

Un gerfaut de grande naissance, patricien dont le sang était pur de tout alliage, eut occasion de raconter, devant un nombreux auditoire, cet épisode de la révolution française. Ce gerfaut nous paraît professer des opinions légitimistes dont nous lui laissons, comme de raison, toute la responsabilité

CHAPITRE PREMIER

I

Par les chemins.

Vers la fin du mois de mars 1793, un cavalier s'avançait, au petit pas de sa monture, dans le chemin qui conduit de la ville d'Issoudun au bourg de Paudy.

En hiver, les chemins de traverse du

Berry sont, de nos jours, à peu près impraticables pour d'autres voitures que les grosses charettes attelées de deux ou trois chevaux vigoureux; mais à l'époque où remonte notre récit, les voies de communications avec les villages étaient en si mauvais état, les ornières étaient si profondes et si dangereuses à cause des mares de boues qui les recouvraient et empêchaient les voyageurs de les apercevoir, qu'il était bien rare qu'on se hasardât à les parcourir à cheval, à moins d'y être contraint par la nécessité.

Le cavalier, dont nous venons de parler, était enveloppé dans un grand manteau de drap bleu qui le préservait du froid et de l'humidité pénétrante de la température, et ses mains étaient cachées par des gants en peau de daim. Il ne paraissait pas âgé de plus de vingt-cinq ans, et à la manière dont il se tenait en selle, à ses bottes à éperons, à son chapeau galonné, on devinait facilement qu'il était officier de cavalerie.

Il montait un cheval bai-brun, à l'encolure hardie, aux jambes fines, et qui devait être d'un grand prix ; mais le noble animal, comme s'il eût honte de sentir sa robe salie par la fange qui dissimulait presque entièrement ses formes, marchait la tête tristement baissée, sondant le terrain, évitant les fondrières, et se fatigant cent fois plus à tirer son maître de ce cloaque, que s'il eût couru le cerf pendant une demi-journée.

En cet endroit, le chemin traversait une vallée assez profonde et était bordé à droite et à gauche, par une haie de prunelliers qui s'élevait presque à hauteur d'homme. Il restait à peine une centaine de pas à faire pour sortir du bourbier et arriver à une côte très longue, sur laquelle les eaux pluviales ne séjournaient pas, et qui offrait une route sûre.

Le jeune cavalier avait laissé tomber la bride sur le cou de son cheval qu'il abandonnait entièrement à son instinct, prouvant par là quelle aveugle confiance il avait dans la solidité des jambes de l'animal, puisqu'il ne se mettait point en mesure de le retenir dans le cas où il ferait un faux pas.

Le visage de l'inconnu exprimait, en ce moment, la tristesse et l'impatience. D'où provenait cette tristesse? Il serait bien difficile de le dire à première vue; quant à l'impatience, elle était causée vraisemblablement par la lenteur de la marche, car il s'agitait et paraissait maîtriser avec peine la tentation de faire sentir les éperons à son cheval; mais comprenant le danger auquel il s'exposerait en ne le laissant pas seul juge de la manière dont il devait se conduire dans ces chemins perdus, il mesurait la distance qui le séparait de la côte du haut de laquelle il aurait au moins, pour se distraire, un horizon moins borné que dans cette affreuse vallée.

Pendant qu'il se berçait de l'espoir d'arriver en terre ferme, un caillou roula sous le pied du cheval qui perdit l'équilibre. Le cavalier se précipita sur la bride, mais il était trop tard, et son brusque mouvement accéléra la chute du pauvre animal qui tomba en poussant une sorte de plainte, et en regardant son maître avec une douloureuse intelligence.

Cependant l'inconnu se trouvait dans une situation des plus critiques. Embarrassé par son manteau qui ne lui laissait pas toute sa liberté d'action, il avait cherché à se retenir dans sa chute en se cramponnant à la crinière; l'élan qu'il s'était donné lui avait fait perdre un des étriers, et l'avait fait rouler sous le cheval de telle façon qu'il avait une jambe engagée sous lui, et qu'il était menacé par ses quatre pieds qui devaient infailliblement l'écraser à la première tentative que la bête allait faire pour se relever.

Mais le jeune cavalier n'eut pas le temps de reconnaître ce péril, car à peine venait-il d'être renversé, qu'un homme se frayant un passage à travers la haie qui bordait le chemin, accourut sur le lieu de l'accident, prit les jambes du cheval qu'il fit tourner sur lui-même, en réunissant tous ses efforts, et débarrassa de cette façon l'inconnu qui n'eut pas moins de peine que sa monture à se remettre sur pied.

— Merci, mon brave homme, merci, dit-il, à celui qui venait de lui rendre un si grand service; vous êtes arrivé bien à propos, car, sans vous, il aurait pu m'advenir quelque chose de pire qu'un bain dans la boue. Mais voyez donc dans quel état cette chute m'a mis!... Ah! çà, mon brave, vous êtes donc sorti de dessous terre pour venir à mon secours? Je ne vous ai ni vu, ni entendu, et je me croyais à cent lieues de toute créature humaine.

L'homme auquel cette phrase s'adressait était âgé d'une cinquantaine d'années, et paraissait doué d'une constitution athlétique. Sa taille, au-dessus de la moyenne, était droite, carrément accusée, et n'avait pas souffert des injures du temps. Quoiqu'il fût vêtu à la mode des paysans du Berry, c'est-à-dire d'un pantalon de gros drap bège, d'une veste de même étoffe et d'une blouse de toile écrue, sa démarche avait quelque chose de hardi, de combiné, indiquant à ne s'y pas méprendre, que sa vie tout entière ne s'était pas écoulée à la campagne, et qu'il ne s'était pas toujours adonné à l'agriculture. Ses pieds étaient défendus par des souliers dont le cuir avait plus de quatre lignes d'epaisseur, à triples semelles et bar-dés d'énormes têtes de clous.

Il portait un grand chapeau rond, sous lequel on apercevait deux mèches de che-veux cendrés qui se confondaient avec ses favoris. Sa figure exprimait à la fois l'intel-ligence, la finesse et une bonhommie qui dissimulait merveilleusement la défiance avec laquelle on se mettait en contact avec un inconnu, dans ces temps malheureux où un mot mal interprété pouvait vous con-duire à l'échafaud.

Pendant qu'il parlait au paysan, le jeune cavalier avait ôté de dessus ses épaules son manteau, dont on ne reconnaissait plus la couleur primitive, tant il était couvert de boue, et l'ayant posé sur la croupe de son cheval :

— Êtes-vous muet, brave homme? ajouta-t-il avec un léger accent d'orgueil froissé, en voyant que son sauveur gardait le silence, et semblait voir d'assez mauvais œil l'uniforme d'officier des armées de la république, qui, jusqu'à ce moment avait été entièrement caché par le manteau.

— Je ne suis ni sourd, ni muet, dit le paysan; mais, par le temps qui court, il fait bon prendre ses précautions, et avant de répondre, je voudrais savoir si je dois dire mon officier, ou bien, citoyen officier.

— D'après les droits de l'homme, répondit le cavalier en souriant, tous les Français sont égaux, et puisque je ne vous appelle pas citoyen et que, par respect pour votre âge, je ne vous tutoie pas, vous pouvez, je crois, sans inconvénient, avoir le même respect pour mon grade.

— A la bonne heure, reprit le paysan qui, dès ce moment, ne laissa plus paraître de défiance, nous tombons parfaitement d'accord, car il ne serait pas réglementaire que le simple soldat tutoyât son officier.

— Est-ce que vous avez servi, mon brave?

— Quelque peu, mon lieutenant, une douzaine d'années environ.

— Tant mieux, j'aime autant devoir la

vie à un ancien militaire; cela me rend la reconnaissance plus douce, et me fournira peut-être le moyen de m'acquitter envers vous.

— Ne parlons pas de cela, mon lieutenant, je vous tiens quitte. Est-ce que si vous m'eussiez vu la jambe engagée sous un cheval, vous ne fussiez pas venu à mon secours, quoique je ne sois qu'un paysan?

— N'en doutez pas, mon brave.

— Eh bien, vous voyez que ce que j'ai fait est tout naturel : il ne faut pas pourtant que nous restions là, à perpétuité, dans la boue jusqu'aux genoux. Si vous voulez m'en croire, mon lieutenant, vous allez conduire votre cheval en laisse jusqu'à la côte et vous ne remonterez dessus qu'après être sorti de cette fondrière. Moi, je vais reprendre un paquet que j'ai laissé derrière la haie, et nous nous rejoindrons un peu plus loin, si nous suivons la même route.

Sans tenir compte du conseil qu'on venait de lui donner, le jeune officier remonta aussitôt sur son cheval, mais en ayant soin, cette fois, de le tenir en bride. Le paysan était repassé de l'autre côté de la haie, et avait posé sur son épaule un bâton qui lui servait à soutenir un objet de forme ronde enveloppé dans une serviette; puis, pourtant ses regards dans la direction du cavalier :

— Déjà en selle, mon lieutenant, lui cria-t-il ? Prenez bien garde. Vous avez un pas malaisé avant d'arriver à la côte.

— Je suis bien tranquille, Marlboroug ne bronchera plus.

— Je vois bien que c'est une fine bête et solide, je m'y connais. Pourtant, depuis plus d'un quart d'heure que je cheminais à côté de vous, je me disais : Voilà un cavalier qui ne connaît guère nos localités, car, s'il avait déjà voyagé dans notre pays, il tiendrait son cheval en bride ou mettrait pied à terre, ce qui serait le plus prudent. Enfin, j'allais me décider à vous crier *casse-cou*, lorsque votre bidet s'est abattu et vous a renversé sous lui.

— Et c'est alors que vous êtes accouru pour me secourir?

— Pour dire toute la vérité, mon lieutenant, je suis accouru un peu pour vous; mais ne sachant pas trop ce que vous étiez, c'est surtout pour le cheval que j'ai eu peur. Une si belle bête!... Elle pouvait se casser une jambe.

— Heureusement qu'il n'y a pas eu plus de mal pour l'homme que pour la bête.

— Oui, heureusement, puisque je vois, à cette heure, que vous êtes dans les bons principes.

Tout en parlant ainsi, ils étaient arrivés à la côte, et Marlborough s'était tiré, sans autre accident, des mares de boue et des ornières sous-jacentes. Comme la haie finissait en cet endroit, le paysan se rapprocha du jeune officier, et ils purent continuer leur conversation sans être obligés, pour se faire entendre l'un de l'autre, de renfler leur voix, ni de fatiguer leurs poumons.

— Avez-vous beaucoup de gibier par ici? demanda le cavalier.

— C'est le meilleur pays de chasse qu'il y ait à dix lieues à la ronde ; lièvres cailles, perdreaux, pluviers, grives, bec-cassines, vous trouverez de tout cela en quantité. Y a-t-il de l'indiscrétion, mon lieutenant, à vous demander si vous avez l'intention de séjourner dans la commune de Paudy ?

— Je compte y passer quelque temps, et si vous êtes chasseur, j'irai vous prier de me servir de compagnon.

— Ce n'est pas de refus, et si vous êtes aussi bien pensant que je le suppose, je vous fournirai peut-être l'occasion de me rendre service, à moi et à d'autres personnes... Enfin, nous reparlerons de cela une autre fois.

— Quand vous voudrez, mon brave. Après ce que vous avez fait pour moi, je n'ai rien à vous refuser, et je suis même en mesure de vous donner un à-compte sur ma reconnaissance.

En même temps, il tira de sa poche, une bourse qu'il offrit au paysan.

— Gardez votre argent, mon lieutenant, répondit celui-ci avec un léger sourire je n'en ai pas besoin et je suis peut-être plus riche que vous, quoique je n'en aie pas l'air... D'ailleurs, je vous ai dit que vous ne me deviez rien, et vous me faites presque repentir de vous avoir laissé soupçonner que j'aurais peut-être quelque jour un service à vous demander.

— Vous auriez accepté ma bourse que je n'en aurais pas moins été entièrement à votre disposition, si je puis vous être utile sans toutefois manquer à ma conscience. Voilà tout ce que je puis vous dire en attendant qu'il vous plaise de me donner le mot de votre énigme.

— Il suffit, mon lieutenant, je me souviendrai de votre promesse, s'il y a lieu.

— Ah çà, mon brave, que portez-vous donc sur votre épaule? Croyez-vous que cela m'intrigue?

A cette question si simple, le paysan se troubla et resta interdit. Il interrogea du regard le visage du cavalier, puis rejetant toute idée de défiance en voyant l'air de franchise du jeune homme :

— Pourquoi m'en cacherais-je? répondit-il. Ce que je porte est un pain blanc de seize livres que je viens d'acheter à la ville, parce qu'on ne fait à la campagne que du pain noir. Il ne ferait pas bon que les gens de la commune fussent informés de ce que je vous dis là, car je passerais pour aristocrate et suspect.

— Votre commune a-t-elle donc ses montagnards et ses girondins?

— Sans aucun doute, et, qui plus est, ses royalistes. Mais ces derniers sont rares, encore ont-ils soin de garder leur opinion pour eux, comme bien vous pensez.

— J'aime à croire que vos montagnards ne sont pas d'aussi terribles gens que messieurs les Jacobins de Paris.

— Il ne faudrait pas trop s'y fier. Mais tenez, mon lieutenant, prenons un autre sujet de conversation. Quand nous nous connaîtrons mieux et que nous serons bien sûrs l'un de l'autre, nous pourrons revenir là-dessus; mais pas de politique sans nécessité.

Tout en devisant de la sorte, nos deux voyageurs arrivaient sur le point le plus culminant de la colline où venaient aboutir plusieurs chemins. Une croix de bois qui avait échappé, par un inconcevable oubli, aux massacres des iconoclastes révolutionnaires, s'élevait dans un angle de carrefour, et quelques branches de buis bénit qui y avaient été nouvellement attachées, attestaient que si Dieu avait été chassé de ses temples saints, il s'était réfugié dans le cœur de quelques fidèles qui, pour lui rendre hommage, ne craignaient pas de braver les persécutions. En passant devant le symbole sacré de notre rédemption, le paysan ôta résolûment son chapeau et se signa.

— Dieu me pardonne, lui dit l'officier avec un accent de surprise bien prononcé, je crois que vous portez à votre chapeau une cocarde blanche.

— Faites excuse, citoyen, répondit l'autre ironiquement, vous n'avez pas bien regardé. Voyez.

C'était, en effet, une cocarde tricolore ; mais comme le bleu était entièrement dissimulé sous le galon du chapeau et que le rouge ne formait qu'un mince liséré autour du blanc qui était proportionnellement d'une largeur démesurée, cela justifiait l'exclamation que la vue de cette singulière cocarde avait arrachée au jeune homme.

— J'aurai autant de courage que vous, dit l'officier en jetant sur le paysan un regard d'admiration.

En même temps il arracha de son chapeau d'ordonnance la cocarde républicaine qu'il mit dans sa poche, et, à l'exemple de son compagnon, il fit le signe de la croix.

— Cela me fait du bien, ajouta-t-il ; il y a si longtemps que je n'ai prié Dieu !

De l'endroit où ils se trouvaient en ce moment, l'œil embrassait une immense étendue de pays. A leur droite se dressait avec orgueil un vieux château fort dont quelques tourelles tombaient en ruines et qui dominait comme un géant les maisons du bourg construites à ses pieds et qui semblaient lui demander humblement protection. A la gauche du château se trouvait un petit bois, ou plutôt une garenne d'un quart de lieue de longueur, au milieu de laquelle on apercevait les étages supérieurs d'une maison toute moderne, dont les persiennes étaient fraîchement peintes en vert, et qu'on aurait dit avoir été construite tout exprès en face de l'antique demeure féodale, comme pour insulter à sa caducité. Cependant, malgré la blancheur de ses pierres de taille, malgré la régularité de ses ouvertures et l'élégance maniérée de ses détails, il s'en fallait de beaucoup que cette maison de campagne pût soutenir la comparaison avec son redoutable adversaire, dont le donjon et les épaisses murailles pouvaient défier le temps et qui avait surtout l'inappréciable avantage de ses souvenirs et de ses glorieuses traditions. Aussi les habitants de la commune avaient-ils énergiquement refusé de donner à la maison de la garenne la qualification de château qu'elle avait en vain sollicitée, et qu'elle ne cessa d'ambitionner que lorsque la révolution vint poser son implacable niveau sur toutes les sommités sociales, hommes et choses.

Voyant que le jeune cavalier parcourait

le paysage d'un regard curieux et interrogatif, le campagnard lui dit :

— Il me paraît, mon lieutenant que vous venez dans le pays pour la première fois ?

— En effet, et je vous avouerai que, d'après ce qu'on m'avait dit des plaines du Berry, je ne m'attendais pas à rencontrer ici un vieux castel qui me rappelle ce que j'ai vu de plus imposant parmi les manoirs de la Bretagne et de la Normandie.

— N'est-ce pas, qu'il est beau et respectable, notre château de Paudy ? N'est-ce pas que c'eût été grand dommage de le laisser tomber sous la pioche des démolisseurs et de le voir vendre pierre à pierre par la bande noire ?

— La vénération que vous avez pour ce château est un témoignage de votre dévoûment pour ceux qui l'habitent, et cette circonstance me fait mieux apprécier encore tout ce que vaut un brave homme comme vous. Ami de ma famille, vous devenez le mien.

— Bien vrai, mon lieutenant, vous seriez de la famille de mes maîtres?... C'est au château que vous vous rendez?... Apportez-vous de bonnes nouvelles à madame la marquise?

— J'espère qu'elle sera satisfaite de moi, et qu'elle approuvera la résolution que j'ai prise.. Se porte-t-elle bien? Y a-t-il longtemps que vous ne l'avez vue?

je la vois tous les jours, sa santé est assez bonne, et je n'aurais jamais cru que madame la marquise eût pu supporter le malheur avec tant de courage et de résignation... mais elle est si pieuse... si détachée des biens de la terre, que jamais je ne l'ai entendue une seule fois proférer une plainte.

— Ce que vous me dites là m'inquiète au dernier point. Quel malheur lui est-il arrivé? Je tremble de deviner.

— Madame la marquise a dû vous faire savoir cependant que mademoiselle Mathilde (que Dieu bénisse notre jeune maîtresse) n'est pas assez forte pour supporter cette vie de réclusion, et qu'il faut à tout prix lui faire respirer le grand air?

— Décidément, mon brave, nous ne nous entendons plus... Je ne connais pas mademoiselle Mathilde, et tout ce que vous me dites est une énigme pour ma raison et mes souvenirs.

— Vous m'avez bien dit cependant que vous alliez au château de Paudy ?

— Sans doute, chez madame la marquise de Sarmel, ma mère.

— Madame Sarmel... votre mère !... Vous êtes un Sarmel... est-ce possible ?... Vous m'avez donc trompé ?

— Trompé?... en quoi ?... expliquez-vous plus clairement... Et d'abord, pourquoi refusez-vous à madame la marquise de Sarmel le titre qui lui est dû ?

— Parce que madame Sarmel a jeté sa noblesse par-dessus les moulins, et qu'elle tient à honneur d'être appelée la citoyenne Sarmel. Ce n'est pas le château qu'elle habite, mais cette grande maison blanche que vous apercevez à travers la garenne.

— De quelle marquise me parliez-vous donc?

— A ce sujet, mettons que je ne vous ai rien dit, et oubliez, s'il se peut, les demi-confidences que je vous ai faites inconsidérément... Je croyais vous connaître, et vous venez tout à coup de me faire retomber dans une défiance dont je n'aurais pas dû m'écarter... Vous, un Sarmel?... qui s'en serait douté? Enfin, n'en parlons plus.

— Quels que soient les griefs que vous prétendiez avoir contre le nom de Sarmel, sachez bien que les obligations que j'ai contractées aujourd'hui envers vous n'iraient pas jusqu'à me faire endurer des insinuations désobligeantes sur le compte des personnes de cette famille. D'ailleurs, avant peu, je saurai à quoi m'en tenir sur tout ceci.

— Déjà des hostilités ; je devais m'y attendre. Plus qu'un mot, monsieur Sarmel. Je dois vous prévenir que si, pour un motif ou pour un autre, vous cherchiez à abuser des secrets que je me suis laissé surprendre, vous m'en avez assez dit vous-même pour me donner les moyens de vous paralyser.

Je suis maire de la commune, et, comme tel, je puis faire arrêter un officier dont le congé n'est peut être pas en règle, et qui est tant soit peu aristocrate. Vous comprenez?

— Parfaitement; mais je crois que nous avons intérêt l'un et l'autre à nous ménager.

— Qui vivra verra. Dès ce moment, nous suivons une ligne différente; voici à gauche le chemin de Brisevent, à droite celui du château. Séparons-nous donc.

— Pour nous revoir, j'espère. Avant de nous quitter, ne me direz-vous pas à qui appartient ce castel dont l'aspect m'a si vivement impressionné?

— Parbleu! à moi, Jérôme Lourioux, maire de Paudy; demandez à madame votre mère, la citoyenne Sarmel.

Le jeune officier fut visiblement choqué de l'affectation que mit le paysan à accoler au nom de sa mère la désignation républicaine; mais voyant que Jérôme Lourioux continuait à marcher dans la direction du château, il enfonça ses éperons dans les flancs de sa monture et disparut bientôt dans la garenne.

CHAPITRE DEUXIÈME.

II

La maison de Barbançois.

Dans le faubourg Saint-Honoré, non loin de la place Beauveau, existait autrefois un grand et magnifique hôtel qu'on a démoli, et sur l'emplacement duquel s'élèvent aujourd'hui deux maisons de cinq étages, aux balcons dorés, aux fenêtres rapprochées, véritables casernes construites pour contenir le plus grand nombre possible de locataires, et qui offrent de nos jours de *riches appartements* à une quinzaine de ménages, là où une seule famille patricienne du siècle dernier se trouvait à l'étroit. Cette manie de l'époque, qui va rapetissant toutes choses et spéculant sur tout, s'appelle le progrès; encore quelques années de progrès de ce genre, et les habitations de Paris seront transformées en ruches où l'on aura beaucoup de peine à se mouvoir, et dans lesquelles on ne laissera pénétrer d'air que tout juste ce qu'il en faut pour ne pas mourir d'asphyxie.

L'hôtel dont nous parlons, et qui subsista jusqu'en 1825, appartenait, avant la révolution, à une noble famille qui passait pour avoir une des plus grandes fortunes territoriales de France, et qui, plus d'une fois, dans les circonstances difficiles, l'avait mise tout entière à la disposition de la couronne. C'est dans cet hôtel que nous conduirons le lecteur, en le priant de se reporter à l'année 1767.

René Paulus, seigneur de Villegongis, marquis de Barbançois, était, à cette époque, un vieillard usé par les fatigues de la vie militaire, et qui, depuis plusieurs années, se livrait à un repos absolu, laissant à son fils le soin de perpétuer l'honneur du beau nom qu'il lui avait transmis.

Le marquis avait deux enfants, un fils, Louis-Jules-Henri de Villegongis, du Barbançois, âgé de trente ans, maréchal-de-camp des armées du roi, et une fille aînée, âgée de dix-sept ans. Le noble vieillard aimait ses deux enfants d'une manière bien distincte et bien tranchée : il avait coutume de dire que son fils appartenant au roi et à la France avant d'appartenir à son père, il devait tenir secrète dans son cœur l'affection qu'il lui portait, et montrer à l'endroit de ce fils la même abnégation dont il avait toujours fait preuve pour son propre compte, tant que son existence avait été au service de sa patrie. Telle était, sous l'ancien régime, la manière d'entendre le patriotisme.

Mais si le marquis faisait le sacrifice de ses sentiments de père vis-à-vis d'un fils qu'il chérissait dans son orgueil, il n'avait pas les mêmes raisons de se contraindre pour ce qui regardait sa fille, rejeton de sa vieillesse, sur laquelle il semblait avoir reporté toutes ses prédilections. On aurait dit qu'il voulait l'empêcher de s'apercevoir qu'elle était privée de la tendresse de sa mère, morte en lui donnant le jour, et que son cœur renfermait une double puissance d'affection. Aussi de quels soins ingénieux il entoura l'enfance de cette fille adorée! Il voulut le premier lui apprendre à balbutier le nom de père, sans cesse il la tenait dans ses bras, la couvrait de caresses, passait ses doigts dans sa chevelure fine et douce comme la soie, et, si nous ne craignions d'être accusé d'exagération ou de vulgarité, nous dirions que lui-même s'occupait des détails de son habillement et qu'il remplissait près de cette enfant l'office de bonne et de mère. N'était-ce pas un touchant spectacle de voir ce noble vieillard qui, après avoir prodigué sa force au service de son pays, voulait encore que sa faiblesse fût profitable à plus faible que lui ?

Pendant l'enfance de Renée, il partageait ses jeux et ses amusements : un peu plus tard, il lui donna les premiers enseignements de lecture et d'écriture, et déposa dans son âme des germes de vertu qui ne pouvaient manquer de fructifier sous l'influence d'une éducation religieuse. Quoiqu'elle fût destinée aux jouissances que procure la richesse et à n'échanger son nom de jeune fille que contre un des plus aristocratiques de ce temps-là, on l'accoutuma de bonne heure à ne considérer la fortune que comme un dépôt qui n'est confié à l'homme que pour faire le bien; on la prédisposa à tous les renoncements, et on lui inculqua ce courage du cœur qui fait supporter avec calme les épreuves de la vie. Le marquis de Barbançois était dans un âge si avancé, que, sentant bien que Dieu pouvait, d'un moment à l'autre, le retirer de ce monde, il voulait mourir avec la conviction que sa fille serait un jour réunie pour jamais à lui, et c'est cette pensée constante de la mort qui explique pourquoi cet excellent père voulut que l'éducation de son enfant fût plus grave, plus austère qu'elle ne l'est d'ordinaire, et qu'on lui apprît à mettre les trésors de la foi au-dessus de tous ceux de la terre. D'ailleurs, à cette époque, la déplorable philosophie des encyclopédistes faisait d'effrayants ravages dans les familles ; il n'avait pas fallu au marquis un long examen pour reconnaître combien les paradoxes étaient pernicieux, et c'était pour garantir Renée des atteintes de ces docues lumineuses qu'il tournait toutes ses ées vers des vérités d'un ordre trop élevé pour avoir à craindre qu'elle s'égarât dans les spéculations à la mode.

Le vieillard eut la satisfaction de voir ses efforts couronnés d'un plein succès ; jamais jeune fille ne s'était prêtée de meilleure grâce à la culture de son esprit ; jamais cœur plus riche ne s'était montré aussi propre à recevoir et conserver l'empreinte des vertus évangéliques. Enfin, et comme si le ciel se fût complu à faire rayonner sur les dernières années du marquis les joies les plus pures, les espérances les plus douces, René devenait, en grandissant, aussi habile qu'elle était excellente.

L'intendant de M. de Barbançois se nommait Lejeune : c'était un homme d'une probité éprouvée, et sur le dévoûment duquel on pouvait compter dans toutes les occasions. Cet intendant avait une fille, de deux ans plus âgée que celle de son maître. Autant par affection pour son père que par le désir de donner une compagne à Renée et de lui inspirer ainsi de l'émulation dans ses études, le marquis fit élever la fille de l'intendant absolument de la même manière que la sienne propre. S'il n'eût pas pour Justine une tendresse de père, il entrait du moins dans ses plans de la traiter extérieurement comme il traitait Renée; les cadeaux qu'il faisait à l'une, il les faisait également à l'autre; elles étaient vêtues des mêmes étoffes, avaient les mêmes professeurs, cultivaient les mêmes talents d'agrément. Il réservait ses démonstrations affectueuses pour les instants où il était seul avec sa fille, de sorte que ceux qui n'étaient pas dans le secret de ces mystérieux épanchements, pouvaient croire jusqu'à un certain point que Renée et Justine étaient également chères à M. de Barbançois.

Ces deux jeunes filles différaient autant d'esprit et de caractère, qu'elles se ressemblaient peu par l'extérieur : Renée avait une taille élevée qui annonçait la dignité dans le maintien, la noblesse dans la démarche, lorsqu'elle serait arrivée à son entier développement. Son front et son col, qui avaient la blancheur mate du velours blanc, auraient eu peut-être une trop grande sévérité de contours, s'ils n'eussent été ombrés par les boucles flottantes de ses cheveux bruns; son profil, d'une irréprochable pureté de lignes, eût été digne de figurer sur un camée antique. Quoiqu'on eût plaisir à voir son visage paré des fraîches couleurs de la jeunesse et de la santé, on devinait que cette personne n'avait pas encore atteint l'apogée de sa beauté, et que la pâleur serait en harmonie plus complète avec l'expression grave et méditative de sa figure, qui avait encore besoin de quelques années pour perdre cette teinte rosée qui s'allie rarement aux grandes facultés intellectuelles chez les femmes arrivant à la maturité.

Justine était plus petite que Renée : sa taille, fine et ronde, aurait pu tenir dans le collier d'une levrette, mais sa poitrine était bien ouverte et ses épaules s'arrondissaient avec une grâce infinie. Ses cheveux, noirs comme le jais, d'une telle épaisseur qu'ils rebiffaient sous les dents de son peigne d'or, encadraient, dans deux larges nattes, un visage qui n'était pas d'une beauté artistique, mais qui était plein de fantaisie, de mouvement et de passion.

Ses yeux noirs lançaient des éclairs d'esprit et de malice, son nez court et un peu relevé donnait plus d'espiéglerie encore à ses regards hardis, et lorsque le rire ouvrait sa bouche bien fendue, elle montrait une double rangée de dents qui paraissaient d'autant plus blanches, qu'elle avait la peau très brune, mais assez transparente pour laisser voir la circulation du sang qui animait ses joues.

Elle avait un soin extrême de sa main qui était très jolie en effet, mais un peu courte et bien éloignée d'avoir la distinction de celle de mademoiselle de Barbançois, quoique celle-ci ne soupçonnât pas même cette distinction.

Il y avait encore cette différence notable

entre ces deux jeunes filles, que Justine connaissait parfaitement ses avantages extérieurs et se plaisait à en faire étalage, ne fût-ce qu'à ses propres yeux, tandis que Renée n'attachait aucune sorte de valeur à sa beauté dont elle n'avait pas la conscience. Il est vrai que la première avait dix-sept ans, tandis que la seconde n'en comptait que quinze, mais on pouvait prévoir que leurs idées suivraient une direction contraire, et que l'âge ferait ressortir de plus en plus les dissidences qui existaient entre elles.

Justine avait été mise entre les mains des professeurs en même temps que Renée, et toutes deux profitèrent diversement des leçons qui leur furent données. La fille de l'intendant avait moins d'aptitude aux travaux de l'intelligence que mademoiselle de Barbançois, mais elle montrait une conception plus rapide. Justine oubliait, avec autant de facilité qu'elle avait appris; Renée, au contraire, acquérait plus laborieusement parce qu'elle voulait tout approfondir, et retrouvait toujours sa mémoire fidèle, et gardienne vigilante de trésors de science qu'elle entassait. Justine possédait une voix délicieuse qu'elle cultiva avec beaucoup plus d'ardeur que son esprit; aussi fit-elle des progrès étonnants en musique vocale, tandis que Renée, beaucoup moins bien partagée sous le rapport du gosier, ne put que jouer agréablement du clavecin.

Tant qu'avait duré l'éducation de sa fille, le marquis était resté à sa terre de Villegongis, où les bruits du monde ne venaient pas le distraire de la mission qu'il s'était imposée d'orner sa fille de toutes les vertus, de toutes les connaissances sérieuses qui, selon lui, étaient indispensables à une femme destinée à tenir une place marquante dans l'aristocratie, et protester, par sa conduite exemplaire, contre le fatal entraînement auquel s'abandonnaient les plus nobles maisons.

Lorsque Renée eut dix-sept ans, le marquis donna des ordres pour qu'on disposât convenablement l'hôtel de Barbançois inhabité depuis longues années, et il vint s'y installer avec sa fille, son intendant et Justine qui avait fini par se considérer comme étant de la famille.

L'intention de M. de Barbançois, en venant s'établir à Paris, était de produire sa fille à la cour et dans les grandes familles auxquelles sa naissance lui donnait le droit de se mêler. Affaibli par l'âge et les fatigues, et pressentant sa fin prochaine, il ne voulait pas laisser sa fille sans appui, et puisque la tendresse paternelle allait lui manquer, il songeait à la rattacher au monde par un mariage qu'il voulait voir s'accomplir, et qui lui offrirait les garanties les plus sérieuses pour le bonheur de celle à qui il avait dévoué ses dernières années. Ce but une fois atteint, il verrait arriver sans crainte, sans inquiétudes, le moment de paraître devant le redoutable tribunal de Dieu.

De son côté, l'intendant Lejeune formait à peu près les mêmes projets pour Justine : il avait, à Paris, un neveu, François Lejeune, âgé de vingt ans, qui se livrait à l'étude du droit, et comme il était destiné à devenir l'époux de sa cousine, l'intendant avait pris la résolution de choisir, pour la cérémonie de leur mariage, le même jour où aurait lieu celui de mademoiselle de Barbançois.

Justine assistait à toutes les fêtes qui se donnaient dans l'hôtel du marquis, et quoique son genre de beauté ne fût pas de ceux qui laissent une impression profonde, parce que c'était une beauté commune, néanmoins nous devons dire qu'elle obtint de très grands succès, mais seulement aux yeux des hommes qui, dans ce temps-là, prisaient par-dessus tout l'esprit de saillie et ne cherchaient point à résister aux provocations de ses yeux mutins, ni aux séductions de sa voix enchanteresse, véritable voix de syrène.

Ces triomphes enivrèrent la fille de l'intendant, et lui inspirèrent un orgueil dont on ne saurait se faire une idée. Elle n'avait pas de plus grand bonheur que d'attirer à elle une foule d'adorateurs et de chercher à humilier l'amour-propre des autres femmes, en les prenant pour texte de ses railleries et de ses bons mots.

La fille de son bienfaiteur n'était pas plus épargnée que les autres, car Justine prétendait trôner sans rivale et faire oublier, par ses grands airs et son despotisme, ce qui lui manquait du côté de la naissance.

Cette conduite ne lui suscita pourtant aucune ennemie parmi les femmes qui étaient un peu négligées à cause d'elle : on considéra Justine comme une enfant gâtée et ses épigrammes aigres-douces n'offensèrent pas même celles qui en étaient l'objet, parce qu'on les attribuait au seul désir de faire briller son esprit, et que l'esprit désarme plutôt qu'il n'excite la haine des gens bien élevés. Ajoutons que les femmes de haute lignée que recevait le marquis, ne pouvaient prendre au sérieux mademoiselle Lejeune, et la regardaient comme une jeune personne sans conséquence et qui ne leur serait rien hors de l'hôtel Barbançois.

Jusqu'à ce moment, Justine avait été traitée sur le pied d'une égalité parfaite vis-à-vis de Renée; mais quand cette dernière eut assez vu le monde dans les salons du marquis pour pouvoir être produite dans le faubourg Saint-Germain, et que Justine se vit obligée de rester à l'hôtel, auprès de son père, sans avoir été invitée à accompagner sa jeune amie, elle tomba des hauteurs où l'avait emportée son orgueilleuse vanité, et faisant un retour sur elle-même, elle reconnut la distance qui la séparait de la fille du marquis, et en éprouva un dépit aussi violent que s'il lui eût été fait la plus mortelle injure.

Dès ce jour, toutes les mauvaises passions qui germaient en elle et qu'elle ignorait peut-être, faute de les avoir expérimentées, se développèrent subitement. Elle avait pris trop le goût des grandeurs pour y renoncer volontairement, et avant de se résigner à végéter dans les régions inférieures, elle résolut de mettre tout en œuvre pour prendre droit de cité au milieu de cette noblesse si dédaigneuse, et qui semblait ne l'avoir favorisée un instant que pour lui faire sentir plus amèrement son humble condition. Elle ne voulut laisser soupçonner à personne les idées nouvelles qui l'agitaient, jugeant qu'elle avait besoin d'une dissimulation profonde pour l'exécution du plan qu'elle méditait.

Les bienfaits dont M. de Barbançois avait toujours comblé la famille et dont elle avait particulièrement ressenti les effets, n'avaient fait éclore dans le cœur de Justine qu'une reconnaissance fort peu étendue, et une affection très négative pour la jeune fille dont elle avait partagé l'éducation, mais qu'elle croyait être fort au-dessous d'elle pour l'esprit, l'intelligence et la beauté.

Renée, au contraire, avait pour sa compagne la plus sincère amitié, résultant de l'habitude qu'elle avait de la voir associée à toutes les choses qui la concernaient.

Ne fallait-il pas que Justine eût les inclinations les plus perverses pour ne pas répondre, par une reconnaissance et un dévoûment sans bornes, à l'affection de Renée, affection de sœur et qui cherchait tous les moyens de se traduire en preuves irrécusables? Mademoiselle de Barbançois n'avait pas dissimulé à son père l'étonnement et la contrariété qu'elle éprouvait de se voir séparée de Justine au moment où elle avait le plus besoin d'une amie, d'une contenance, pour ne pas paraître trop gauche dans le monde ; mais le marquis, rigide observateur des lois de l'étiquette et des convenances sociales, avait démontré l'impossibilité de satisfaire aux désirs de sa fille, et celle-ci n'avait pas dû insister.

Justine n'ignorait pas cette démarche de Renée, car mademoiselle de Barbançois l'avait instruite, les larmes aux yeux, du refus qu'elle venait d'essuyer. Eh bien, (quelle science expliquera jamais les étranges mystères du cœur humain !) ce fut moins au marquis qu'à sa fille qu'elle voua le ressentiment de ce qu'elle appelait une sanglante injure, et depuis ce moment, elle éprouva pour Renée une de ces haines violentes qui rongent le cœur comme un cancer, et qui ne finissent qu'avec la vie. La fille du peuple couvait sa vengeance contre la patricienne : il y avait toute une révolution dans le cœur de cette jeune fille.

Du reste, n'ayant pas même la franchise de sa haine, elle ne témoigna jamais autant d'attachement à Renée qu'au moment où elle songeait à lui faire du mal, et jamais, non plus, elle ne s'était montrée plus respectueuse à l'égard du marquis. Elle se fit passer pour malade pendant quelques semaines, afin de ne pas paraître dans les salons de l'hôtel Barbançois, et de savoir de Renée ceux de ces courtisans habituels qui paraissaient le plus regretter son absence.

Le temps de cette réclusion volontaire fut encore mis à profit par elle d'une autre manière : pour ne pas rester étrangère aux affaires d'intérêt qu'elle sentait la nécessité de mettre en jeu pour la réussite de ses desseins, elle passait la plus grande partie de ses soirées avec son père, et se faisait initier à la gestion des biens du marquis, en même temps qu'elle acquérait la connaissance exacte du chiffre de la fortune particulière de Lejeune. Nous allons rapporter ici une des conversations du père et de la fille, qui les résumera toutes et servira à faire ressortir les ambitieuses espérances de Justine.

— Mon père, lui disait-elle un jour, est-ce qu'il n'y a pas eu d'exemple que des grands seigneurs aient épousé des filles de bourgeois ?

— Cela s'est vu fort souvent, au contraire. Des nobles ruinés reconstruisent leur fortune en épousant de riches héritières; mais je plains les malheureuses qui se prêtent à de telles spéculations, elles ne tardent pas à s'en repentir.

— Pourquoi cela, mon père ?

— Pourquoi ?... Parce que les nobles croient avoir déjà fait trop d'honneur à la fille du bourgeois en lui donnant leur nom, et qu'ils se dispensent de tous égards envers leurs femmes.

— Mais si cette bourgeoise avait été élevée comme une duchesse? Si elle en avait les manières, les goûts?

— Est-ce qu'en matière de blason on regarde aux manières! S'il suffisait d'avoir reçu une bonne éducation, je connais bon nombre de filles de traitants qui mériteraient d'aller à la cour.

— Il me semble pourtant qu'une femme habile et ferme, qui se trouverait dans la situation dont nous parlons, et qui prendrait de l'ascendant sur son mari, pourrait faire bonne figure parmi les grandes dames et serait très heureuse.

— J'ai la conviction que, à de très rares exceptions près, toute mésalliance entraîne des malheurs.

— Cependant, mon père, les nobles sont des hommes comme tout le monde.

— Aux yeux de Dieu et du philosophe, sans contredit : mais aux yeux de la société et de la morale politique, ils sont autre chose de plus que nous. Ils ont pour eux l'illustration de leurs ancêtres, le privilége que leur vaut l'éclat des services rendus à l'État, la faveur du roi, et par-dessus tout, les idées dont ils sont nourris, idées qui mettent entre eux et le reste de la société une ligne de démarcation bien tranchée, et qui constituent ce qu'on appelle les préjugés de caste. Si les hommes étaient aussi parfaits que les représentent faussement un tas d'écrivains de nos jours, ces distinctions sociales seraient inutiles; mais comme l'égalité est une chimère et qu'il doit y avoir des privilégiés, mieux vaut que ce soient les nobles qui ont fait leurs preuves et qui ont acheté assez cher, soit par eux-mêmes, soit par leurs ancêtres, le droit d'approcher de la personne du roi.

— Malgré ces préjugés dont vous parliez tout à l'heure, vous voyez que M. de Barbançois nous a toujours traités comme si nous étions ses égaux ; vous êtes admis à sa table, vous connaissez tout ce qui le concerne, et je ne sache pas qu'il ait de meilleur ami que vous.

— Monsieur le marquis, notre maître, est un homme à part et dont nous devrions parler avec vénération quand même il ne serait pas noble. Je ne connais pas un seul gentilhomme qu'on puisse lui comparer pour l'élévation des sentiments, la loyauté et l'amour du bien public. Je ne mets certainement pas en doute l'amitié dont il m'honore et la confiance absolue qu'il a en moi, cependant lorsqu'il reçoit à sa table quelques personnages d'une haute distinction, tu vois que je n'y suis pas admis. Cela doit être, et s'il m'invitait, je refuserais. A chacun son rang.

— Pourquoi donc suis-je admise dans toutes les circonstances, moi?

— Parce que mademoiselle Renée, qui est un ange de bonté, te regarde comme sa sœur, et qu'on n'est pas tenu d'exécuter à la lettre les lois du décorum, quand il s'agit d'une demoiselle : cependant, il est peu de maisons où l'on agirait avec autant d'égards envers la fille d'un intendant.

— Ce qui n'empêche qu'on me laisse à l'hôtel toutes les fois qu'on conduit Renée dans le monde.

Justine avait pâli de haine en rappelant

ce fait qui causait des ravages dans son être intérieur, mais Lejeune, ne soupçonnant pas ce mystère, n'avait pu remarquer l'émotion de sa fille.

— Bien entendu, répondit-il, avec une admirable simplicité qui contrastait étrangement avec les tempêtes qui grondaient dans le cœur de Justine : monsieur le marquis peut, jusqu'à un certain point, braver dans sa maison quelques conventions en faveur d'une amie de sa fille, mais chez les autres il n'a pas le droit d'enfreindre la moindre convenance. Après tout, qu'importe ? Cela est affaire d'étiquette et n'intéresse en rien le bonheur. Les bourgeois sont peut-être plus heureux dans leur monde que les nobles dans le leur, et ceux qui cherchent à exciter l'envie et la haine des petits contre les grands sont des sots ou des malintentionnés.

Les questions politiques et philosophiques occupaient alors une si grande place dans la vie qu'il ne faut pas être surpris de la prolixité de la conversation de Lejeune qui n'avait pas échappé plus que les autres à la manie de l'époque. Justine vit bien qu'elle ne trouverait pas en lui un auxiliaire dans les projets qu'elle méditait, mais la sagesse de son père ne changea rien non plus à ses déterminations et ne lui ôta ni le désir ni l'espoir de faire un jour partie de cette noblesse dont elle essuyait alors les dédains.

Une autre fois elle questionnait l'intendant sur la fortune du marquis.

— La fortune de M. de Barbançois, répondit Lejeune avec un grain de vanité bien pardonnable chez un intendant, est une des plus claires et des mieux établies qui soient en France, et à cause de cela, je la place au-dessus de tant d'autres qui sont beaucoup plus considérables peut-être, mais dont l'administration est embrouillée. A l'heure où je te parle, monsieur le marquis possède huit cent cinquante mille livres de revenu, en bien fonds, par de bons baux et des redevances qui ne font jamais contestations.

Le château de Villegongis et dépendances, vaut à lui seul trois millions six cent mille livres, la terre de Diors vaut un million, celle de Laferté autant : nos forêts nous rapportent plus de deux cent mille livres bon an, mal an.

Avec tout cela tu t'imagines peut-être que M. le marquis fait des économies, car il ne dépense pas deux cent mille livres pour sa maison qui est pourtant sur un bon pied : ah! bien oui, des économies : si je n'y mettais bon ordre, il emprunterait sur le capital. M. le comte de Villegongis qui est à l'armée, nous emporte au-delà de trois cent bonnes mille livres, et le reste du revenu suffit à peine aux libéralités de M. le marquis. C'est lui qui a donné une si grande extension à l'hospice de Levroux, et Dieu sait ce que cela nous a coûté et nous coûte tous les jours... Enfin, je n'en finirais pas si je voulais énumérer les belles actions qu'il a faites. D'ailleurs, le secret m'est recommandé. Qu'il te suffise donc de savoir qu'il y a plus d'un saint dans le calendrier qui n'a pas mieux mérité la canonisation que M. le marquis.

Justine ignorait trop la valeur de l'argent pour pouvoir apprécier le chiffre de la fortune de M. de Barbançois, malgré la complaisance avec laquelle son père s'étendait sur ce sujet : elle savait seulement que la richesse efface bien des obstacles, et autant pour avoir un terme de comparaison que savoir jusqu'à quel point elle pouvait compter sur ses propres ressources, elle dit à l'intendant :

— Et vous, mon père, êtes-vous riche ?

— Oui, ma fille, plus riche que M. le marquis.

— Plus riche que M. le marquis répéta Justine dont les joues s'empourprèrent de joie !

— Sans doute, répondit Lejeune avec un calme parfait. Indépendamment des émoluments de mon emploi qui s'élèvent à dix mille livres, j'ai trente mille livres de revenu provenant de mon domaine de Brisevent, et je l'agrandis chaque année.

— Mais vous m'avez dit que les revenus de M. le marquis montent à huit cent cinquante mille livres, les vôtres n'étant que de trente mille, je ne vois pas pourquoi vous êtes plus riche que M. le marquis.

— Rien n'est pourtant plus facile à comprendre. La fortune de M. de Barbançois suffit à peine à ses dépenses : moi, au contraire, je ne dépense pas cent écus, parce que notre maître pourvoit à tout. Tu vois donc bien que je suis le plus riche.

Justine n'avait pas assez de philosophie pour s'accommoder de cette réplique renouvelée d'un marmiton du temps de Louis XI ; aussi éprouva-t-elle une mortification d'autant plus pénible qu'elle avait été assez folle pour prendre à la lettre l'assurance que lui avait donné l'intendant qu'il était plus riche que son maître.

FIN DU TROISIÈME VOLUME.

Fontainebleau, imprimerie de E. Jacquin.

Paris. — Imprimerie de G. GRATIOT, rue Mazarine, 30.

www.ingramcontent.com/pod-product-compliance
Lightning Source LLC
Chambersburg PA
CBHW070202030726
47505CB00006B/1552
9782013725811